Tohme&Takachi

「しょう」

耳元に囁くと、高知はまばたきをした。

「しょう、今すぐ」

もう一度、今度は目を見て言った。高知は真顔になり、
それから嬉しいような、泣きたいような、
どちらにも転べそうな表情をした。

それはどちらにも転ばず、ゆっくり昂揚へと変わっていく。

腰を深く折り、遠召の額にキスをする。

(P.83より)

天涯行き

凪良ゆう

キャラ文庫

この作品はフィクションです。
実在の人物・団体・事件などにはいっさい関係ありません。

目次

口絵・本文イラスト／高久尚子

プロローグ

夏の光が差しこむ玄関で、顔色の悪いやせた男が靴をはいていた。

踵《かかと》をはきつぶしたスニーカーに、のろのろと時間をかけて足先を入れている。いさぎよくない態度に、玄関先に立つ中年の女が男の名を呼んだ。いらだちと懇願を含んだ声に、男が忌々《いまいま》しそうに舌打ちをする。それからこちらを振り返った。

――結生《ゆい》、待ってろよ。すぐ帰ってくる。

子供の内緒話みたいな、不穏な脅し文句のような囁《ささや》きを残して男は背を向けた。男が出ていくときに巻き起こった風で、玄関の埃《ほこり》がふわりと舞い上がる。

差しこむ光に無数の細かな塵《ちり》が浮かび上がり、誘われるように一歩踏み出した。裸足《はだし》のまま玄関を出ると、男は待たせていたタクシーに乗りこむところだった。奥の座席には女が座っている。そちらを気にしながら、男はこちらに向かって小さく手を上げた。

さよならか、またなか。意味はどちらでもいい。なぜなら、自分がすべきことはひとつしかない。自分は待たなくてはいけない。帰ってくる男を、ここで。

——結生、待ってろよ。すぐ帰ってくる。

——結生、待ってろよ。すぐ帰ってくる。

男の言葉は身体の奥深くまで潜りこみ、思考を停止させる。裸足の足にかすかな違和感。下を見ると、足の甲を蟻《あり》が歩いていた。足を払う。蟻は離れない。小さく勤勉な生き物を手で払いながら、少し先に蟬《せみ》がいることに気づいた。正確に言うと、死んだ蟬が落ちていることに気づいた。そこに向かってたくさんの蟻が列を作っているのだ。

拾いあげた蟬はころりと固く、干からびて軽かった。蟬は一週間しか生きないという話を思い出す。なんて羨《うらや》ましい。たった一週間なら、待つことは苦痛でも困難でもない。

死んだ蟬を手に、裸足のまま裏庭へ回った。夏草の生い茂る木の根元にしゃがみ、手で穴を掘る。窪《くぼ》みにぽとりと蟬を落とし、上から土をかぶせながら祈った。

——帰ってくるな。二度と帰ってくるな。

——帰ってきてくれ。今すぐ帰ってきてくれ。

どんどん土を盛り、こんもりと小さな墓ができあがる。

爪《つめ》は真っ黒に汚れていて、炎天下、軽い眩暈《めまい》を起こした。

遠召結生　Ⅰ

小学校の裏手を流れる川沿い、風に揺らぐ柳のアーチをぶらぶら歩くと、看板もない古い店が見えてくる。以前は小学生相手の文具屋だったが、老妻に先立たれた店主が趣味で豆腐屋に鞍替《くらが》えした。朝が早いイメージを裏切って、ここは夕方から開く。

久しぶりに顔を出す気になったのは、梅雨明けの蒸し暑さに誘われたせいだった。店先に竹製の長椅子が出してあり、作りたての豆腐でビールを一杯やれる。

店の前まで行き、遠召《とおめ》は足を止めた。向かって右側の長椅子、いつも遠召が座る場所に若い男が座っている。二十代なかばくらいか。座っているというか、寝ている。

手に食べかけの豆腐の皿と箸《はし》を持ったまま——。

のんきな風景に肩をすくめ、遠召は左側の長椅子に座った。ポケットからつぶれた煙草《たばこ》を出し、一本抜いて火をつける。夏の遅い黄昏《たそがれ》。涼しい風にさらわれる煙をぼんやり目で追っていると、奥から店主の木下《きのした》が出てきた。七十すぎ、白髪に作務衣《さむえ》の元気な老人だ。

「はいよ、いつもの」

前置きもなく醬油《しょうゆ》がかかっただけの豆腐と、瓶ビールとグラスを出してくれる。この店のメニューはこれだけで、注文の手間もなく『いつもの』もくそもない。以前、もう少しつまみがほしいと客から言われ、それじゃあ趣味じゃなくなるねと木下は一蹴《いっしゅう》していた。

「あれ、そろそろ起こしたほうがいいかね」

木下がよっこらせと隣に座る。遠召は首だけ「あれ」のほうに向けた。

「四時すぎに店開けたら、もう店先にぼうっと座ってたんだよ。豆腐食うかいって聞いたらうなずいたんで出してやったら、食いながら舟漕ぎ出しちゃってね」

木下は遠召の煙草を勝手に一本抜き出した。

「よっぽど疲れてんのかね。ここらじゃ見ない顔だけど」

話しながら煙草に火をつけ、うまそうにふーっと煙を吐き出す。

独り言めいた老人の呟《つぶや》きを、遠召はBGMのように聴いていた。豆腐の味も、ビールの苦みも、黄昏の雲の美しさも、豆腐を食べながら眠る男も、いくつかの物事をのぞいて、日常のあらゆる物事は、遠召の前を川のせせらぎのように流れていくだけだ。

ぺちゃり――。

ゆったりと漂っていた時間が、間の抜けた音で中断された。

見ると、男が目を覚ましていた。起きた拍子にすべって落としたのだろう、男の足元で豆腐が無残につぶれていた。隣で木下が「ああ、ああ」と意味のない声を上げた。

まだ夢うつつなのか、男はぼんやりと左右を確認する。それから手元、足元へと視線を移動させ、首をかしげた。手には皿と箸。足元にはつぶれた豆腐。

「起きたかい」

木下が声をかけると、男はびくっとこちらを向いた。あ……と呟く。ようやく現実に戻ってきたのか、男の表情がすぐに申し訳なさそうなものに変わる。

「すみません。うっかり眠ってしまって」

「ああ、豆腐食いながら寝たやつは初めてだね」

男は恐縮したようにすみませんとまた頭を下げた。

「新しいの持ってくるから待ってな。そこ、はいといて。ほうきそっち」

店先に立てかけられたほうきとちりとりを指さされ、男は素直に立ち上がった。

背の高い男だった。意志の強そうな目元とくっきりと濃い眉《まゆ》。シャツの上からでも分かるしなやかに張りついた筋肉が、野性味の漂う顔立ちを引き立てている。そんな男が背中を丸めてほうきを使っている様子はほほえましかった。

「ほらよ」

木下が新しい豆腐とビールを持ってきた。長椅子に腰かけ、まあ飲みなと男を手招きする。

男はほうきを置き、大人しく木下の隣に座った。

「あんた、見ない顔だね。最近越してきたの？」

男のために持ってきたビールを、木下は勝手に自分のグラスにも注いだ。

「いえ、そういうわけじゃ」

男が語尾を濁す。しかし木下は先をうながすように男をのぞきこむ。

「えっと、景色がきれいだったので」

「ぶらっと来たのかい？」

木下が首をかしげた。ここはどこにでもある地方の町だ。特別ひどくもないが、取り立てて美しい風景もない。そういうニュアンスが伝わったのか、男が言葉を足した。

「俺の育った町に似てたんで」

「へえ、どこ出身なの」

「関東です」

大雑把《おおざっぱ》すぎる答え。関東のどこなのか、続きを待っている木下に男は笑いかけ、

「ここ、いい町ですね」

と話を終わらせた。必要以上のことは喋《しゃべ》らない。けれどほほえんだ目元が柔和で、人なつこい雰囲気を漂わせている。隣で見ていて、遠召はどこかちぐはぐな印象を受けた。

店の奥でりりんと音が鳴った。ここはいまだに古い電話を使っている。木下がよっこらせと立ち上がり奥に消えていく。木下がいなくなると話し声も消えた。

男は右の長椅子に、遠召は左の長椅子に、同じ方向を見て座る。夕方のかすかなざわめきに

耳を傾けていると心が凪《な》いでいく。ようやく一日が終わった。なにごともなく終わった。明日もこうであるように。このまま、長い人生をぼんやり流れていけますように。

「悪いけど、今日は店じまいだ」

木下が戻ってきた。なんだか様子が慌ただしい。

「孫娘が産気づきやがったんだよ。ひ孫ができるなんて、こっぱずかしくて人様に言えたもんじゃねえけど、まあ初のひ孫だしな、かわいくねえこともねえよ」

ぼやきながらも顔が嬉《うれ》しそうにゆるんでいる。食べかけの豆腐がのった皿も、半分以上残っているビールもいそいそと片付けられ、遠召はあきらめ顔で立ち上がった。

「あ、お代はいらねえよ」

「だろうな」

仏頂面の遠召を尻目に、木下は上機嫌に鼻歌を歌っている。

「じゃあ、ごちそうさまでした」

男も立ち上がり、木下と遠召に礼儀正しく頭を下げた。道に出て、さてどこに行こうかと考えるように左右を確認してから右へ歩き出す。そちらは駅も店もない住宅街だ。身体の大きな男なのに、帰る家のない犬のような頼りなさが背中ににじんでいた。

「おい、兄さん」

見かねたのか、木下が声をかけた。男が振り返る。

「せきたてちまって悪かったね。おわびにうまい店紹介してやるよ。少し行ったとこに『夜明け』って居酒屋があるんだよ。こっちの兄さんが案内してくれるから」

　ぽんと肩を叩《たた》かれ、遠召は小柄な木下を不服な目で見下ろした。

「まあまあいいじゃねえか。ひとり暮らしで暇だろうし、さっき夕ダにしてやったろ」

　色々と納得できないが、遠召は溜息《ためいき》で了承を伝えた。こういう老人には逆らわないほうがいい。どうせ二、三時間の辛抱だ。遠召はぶらぶらと男のほうへ歩いた。

「こっち」

　そっけなく顎《あご》で指し示し、遠召は先を歩き出した。後ろから「じゃあな」と機嫌のいい木下の声が聞こえてくる。遠召は振り返らず、軽く手だけを上げて応えた。

「ほんとに、つきあってもらっていいんですか」

　遠慮がちに問われ、遠召は立ち止まり首だけ後ろにねじった。

「俺はどっちでもいい。ひとりのほうが気楽なら消えるけど」

　男は頼りなげな顔をした。口よりも目が饒舌《じょうぜつ》な男だ。

　遠召はまた歩き出した。朱色を帯びた夕暮れの道、自分の影に少し遅れて長い影がついてくる。

　夕方七時、店は常連客でそこそこにぎわっていた。客の視線はみな店内の高い位置にすえられたテレビに向かっている。ここは店主の趣味でいつも野球中継を流している。

「なにかおすすめはありますか」

男が壁のメニューを眺めながら聞いてくる。

「ない。ここはあんまりうまくない」

たいして声もひそめずに答えると、男のほうが慌《あわ》てて周りを気にした。

「で、でも、お客さん多いですよ」

「みんな大将と同じチームをひいきにしている野球ファンばかりだ。そもそも、豆腐屋の爺《じい》さんが言う『うまい』『まずい』はあてにならない」

「そんなことないでしょう。プロのお豆腐屋さんなのに」

「その豆腐がたいしてうまくない」

「……はは」

男は困ったように笑うことで、消極的に同意した。適当にビールとつまみを頼み、遠召はテーブルに頬杖《ほおづえ》をついた。膝《ひざ》にもう片方の足を乗せた行儀の悪い格好でテレビを眺める。

「どうぞ」

男は遠召のグラスにビールを注いでくれる。遠召も礼を言って注ぎ返す。それきり特にコミュニケーションは生まれない。普通なら自己紹介などするのだろうが、行きずりだと分かっていて名乗る気にもなれない。相手もそうなのだろう、暇そうにテレビを眺めている。沈黙が気づまりになる寸前、テレビから乾いた金属音が響いた。

「よっしゃあ、回れ！　回れ！」

店主が奥から飛び出してくる。ひいきチームのヒットに、店主は包丁を持った手を振り回して大声で声援を送る。物騒な様子に、男はまばたきを繰り返した。

「当分、料理は出てこなさそうですね」

小声で囁かれ、遠召は肩をすくめた。全くその通りだったからだ。

店主だけでなく常連客も盛り上がり、店内は一気ににぎやかになった。ゲームが白熱するにしたがい料理の運びはのろくなり、手持ち無沙汰で酒ばかり頼んでしまう。

試合の行方《ゆくえ》にいちいち歓声が湧《わ》き、テーブル越しに会話が飛び交う。勢い酔った客たちからビールを注がれ、男はそのたび律儀に礼を言って飲み干し、遠召も適当に楽しんでいる風を装った。苦手な空気だが、苦手だからこそ孤高を保つことのほうが面倒くさい。

いつ引けようかと思案する中、ふと男の様子がおかしいことに気がついた。

ビールグラスを手にしたまま、微動だにしない。

耳をそばだててなにかに集中しているようで、男の周りだけ空気が張りつめている。

遠召は目だけを動かしてあたりを確認した。テレビは攻守交代の間を縫って、短いニュースに切り替わっている。客たちはみなにぎやかに今までの試合の流れについてああだこうだと意見を闘わせ、ここからの流れを真剣に予想している。特に変わった様子はない。

しばらくするとニュースが終わり、再び試合中継に切り替わった。同時に男の肩からもすっと緊張が抜けた。ほっと息をつき、手に持ったままのビールグラスに口をつける。

――ニュースを聞いていた?

頬杖で見つめていると、男が顔を上げた。目が合うと、ぴくっと肩を震わせる。ずっと見られていたことが分かったのだろう。

「どうしました?」

動揺をかくそうとして、逆に取り繕った笑顔になっていた。

「いや、なにか飲むかなと」

ほとんど空のビール瓶に目を向けると、「あ、そうですね」と男は急いでメニューに手を伸ばした。なににしようかな、ビール…、焼酎…、結構種類あるなあとひとりでぶつぶつ呟く。熱心に考えているふりで、どこか上滑りしているのが分かった。

「焼酎はどうですか?」

「酔えたらなんでも」

「強そうですね」

「そうでもない。人並み程度だ」

どうでもいいことを話しながら、男は結局ビールを頼んだ。後半に入るなり相手方にヒットが飛び出し、一層にぎやかになった店内で、男の妙な様子のことも忘れてしまった。そうでなくとも、遠召は普段からさして周りのことに気をとめない。

「――すみません、ちょっとトイレ」

ヒーローインタビュー中、男が立ち上がった。足元がおぼつかず、さりげなくテーブルに手をついて身体を支えている。顔にも声にも全く出ないので気づかなかったが、結構酔っているようだった。そろそろ引け時だなと考えていると、店主がやってきた。

「お連れさん、あっちの座敷で寝てるよ」

遠召は顔をしかめた。面倒なことはさけたいが、放ってもおけない。仕方なしに見にいくと、男は座敷の上がりかまちに腰かけて、上半身を畳に投げ出して眠っていた。

「おい、起きろ」

軽く頬をぶつと、男はゆるゆると半目を開けた。けれどすぐにまた閉じてしまう。そこからはもう何度ぶっても目を覚まさず、遠召は溜息まじりにすすけた天井を見上げた。


翌朝、玄関をのぞくと男はまだ寝ていた。

昨夜は男を担いで家まで帰ってきた。居酒屋からは十分ほどだが、自分より背が高く、さらに泥酔している男を担ぐのは容易ではなかった。

蒸し暑い初夏の夜、汗まみれで帰宅し、ようやく玄関に男を下ろしたところで遠召の電池も切れた。とりあえず屋根の下なのだからと、放置することに決めたのだ。

昨夜は行き倒れのようにうつぶせで、身体の半分を玄関のたたきに投げ出して沈没していた男は、今は廊下に仰向けで大の字に手足を伸ばしている。

遠召は男をまたぎ、サンダルを引っかけて玄関を出た。午前中の透明な光が目に沁《し》みる。雑草が生い茂った短いアプローチを抜け、ブロック塀に取りつけられたポストを開ける。軋《きし》んだ音を立てながら、取り出した新聞は今朝も濡《ぬ》れていた。

遠召の家は古く、家と同じくポストも古い。習字の朱入れみたいな色の塗装はところどころ剝《は》がれ落ち、夏はひさし部分に染みこんだ朝露が新聞を濡らす。濃い灰色の染みと、そこだけ波だった薄い紙。雨の日は濡れがひどく、乾いてからでないと読めない。

新聞を手に家に戻り、また男をまたいで台所へ行く。飲んだ翌朝は味噌汁が飲みたいと思いながら、インスタントコーヒーに湯を注いだ。

なにが食べたい、飲みたいという欲求が湧くのは久しぶりだったが、作るのはとてつもなく面倒くさかった。

畳敷きの居間でまずいコーヒーを飲んでいると、玄関のほうで人の気配がした。みしりと廊下が鳴り、男が居間に顔を出した。

「おはようございます」

起き抜けで、男の顔はぼんやりとゆるんでいた。

「あの、昨日はすみませんでした」

男がおずおずと居間に入ってくる。

「飲んでる途中から記憶がなくて、俺、すごい迷惑をかけたんじゃ……」

「顔を張っても起きないから、家まで担いできた」

事実を簡潔に伝えると、男は大きな身体を縮めて恐縮した。すみませんとか迷惑をかけましたとか呟いているが、遠召はほとんど聞いていなかった。

「お前、味噌汁作れる？」

唐突な質問に、男はきょとんとした。

「俺も昨日はかなり飲んだ。味噌汁が飲みたいけど作るのが面倒なんだ」

男の顔がぱっと晴れた。

「作れます」

「じゃあ、頼む。台所あっち。材料なかったら買ってきて」

近所のコンビニまでの道を教えると、男は「はい」とすぐに立ち上がった。大きな身体でフットワークが軽い。財布も一緒に投げたが、それは受け取らなかった。

男の味噌汁はうまかった。やや塩気が強く、深酒をした翌日にはちょうどいい。食べ終わると、ぐずぐずすることなく、さっさと椀《わん》を台所へ片付けていく。

水の流れる音で洗いものをしていることが分かる。

久しぶりに他人が立てる生活音を聞きながら、遠召は男のことを考えた。居酒屋でも、今朝も、男はべらべら余計な話をして遠召をうんざりさせることはなかった。かといって陰気でもなく、どちらかというとにこやかな印象を受ける。

「じゃあ、俺はこれで。色々とお世話になりました」

片付けを終えた男が、居間の畳に正座して頭を下げた。なにか武道でもしていたのか、ぴしりと型が整っている。漂う清々《すがすが》しさは男によく似合っていた。

「行くあて、あるのか?」

新聞に目を落としたまま遠召はたずねた。返事はない。

「ここにいていいぞ」

「え?」

男が顔を上げた。

「いてもいいし、出ていってもいいし、好きにしろ」

そっけなく言い、遠召はテーブルの煙草を取って火をつけた。

男はじっとこちらの様子をうかがっている。

「……どうして、そんな親身になってくれるんですか。昨日初めて会った男に」

男の目がにわかに険しくなる。大げさな警戒のしように、遠召は昨日のことを思い出した。にぎやかな店内には不似合いな、緊迫した男の様子。脛《すね》に傷を持っているのは間違いないようだが、それは遠召にとっては都合がいいことだった。

「親身にはなってない。ただ――」

「ただ？」

遠召は首をかしげた。

「たまにこうなる」

男がまばたきをする。意味が分からなさそうで、けれどそうとしか言いようがない。

たまにだが、自分はこうなるのだ。

誰ともかかわらずにいたいのに、たまに、ぽっかりと足元に大きな穴が開き、落下しそうになる。たいした理由やきっかけはない。それは突然やってくる。避けようがない。

底のない穴は怖くて、そばに適当な誰かがいたらつかまってしまう。

ただそれだけの、ばかばかしいことだった。

あくまで一時的なことなので、それなりに相手は選んだ。やたらと詮索《せんさく》してこないこと。自分を押しつけてこないこと。一番重要なのは、長続きしそうにないこと。

遠召から誘うこともあったし、相手からの場合もあった。一晩だけのこともあったし、しばらく家に居着かれたこともある。みんな目の前の男のように事情を抱えていた。抱えていたと思う。興味がないので聞いたことはなかった。

「でも、同居人が帰ってきたら出て行ってくれ」

「え？」

男が目を見開いた。

「同居人って……恋人とか?」

それには答えず、遠召は煙草を灰皿に押しつけて消した。

「そういう人がいるのに、俺を置いていいんですか?」

探るようだった男の目から、緊張が抜けた。

「ああ、どうせ帰ってこないから」

新しい煙草に手を伸ばす。

「出ていったきり、戻ってこないから」

男は要領を得ない顔をしているが、それ以上説明する気はなかった。

遠召は男から視線を外し、あぐらのまま くわえ煙草で畳に後ろ手をついた。

すぐ帰ってくると言ったのに、男は帰ってこない。一年、二年、数えるのを止めたのはいつだろう。もう忘れた。嘘《うそ》だ。忘れてなどいない。だから今でも待っている。あの男と暮らしたこの家で、脳みその小さな忠犬みたいに、毎日、毎日――。遠召は短く息をついた。

「で、どうする?」

問いかけると、男は考えるような顔つきで畳の目をじっと見つめた。朝の部屋は静かで、じりりと煙草が焼けるかすかな音まで聞こえる。

「よろしくお願いします」

男は畳に手をついて頭を下げた。

「じゃ、とりあえず名前は？」

男の肩に再び緊張が走る。

「言いたくないなら言わなくていい。けどひとつ屋根の下で暮らすなら名前がないと不便だろう。ポチでもコロでもいいから、居座るなら適当に名乗れ」

「……コロ」

男は情けなさそうに呟き、それから苦笑いを浮かべた。

「高知《たかち》英利《ひでとし》。高く知る、英雄の英に利益の利、です」

名乗るとき、男の背筋がわずかに伸びた。偽名ではないようだ。

「ふうん、英利か。英雄のエイに利益のリ…。じゃ、エリでいいな」

「え、そんな女の子みたいな――」

「俺は遠召結生」

さえぎるように名乗ると男はまばたきをした。

「男にしてはかわいい名前ですね」

自覚しているので答えないでいると、男はおかしそうに笑った。

「ユイとエリって、なんかアイドルユニットみたいだ」

わるびれない男を無視して遠召は立ち上がった。

「じゃあ、俺は向こうで仕事してるから」

「在宅なんですか?」

「今日はな」

「なにかやっとくことはありますか。掃除とか飯とか、なにか使いでも」

「ない。好きにすればいい」

あくびまじりに答えた。仕事をしようと思うと眠くなる。とりあえず濃い目の茶を淹《い》れに台所へ向かった。カップを手に再び居間の前を通り、遠召は立ち止まった。

高知が畳の上に新聞を広げていた。片膝を立て、うつむきがちに廊下に立つ遠召にも気づかないほど集中して記事を読んでいる。横顔が別人のように殺気立っていて、なのに窓から差しこむ朝の光に、輪郭は神に懺悔《ざんげ》をしている罪人のようにも見える。

だまし絵みたいな光景をしばらく眺め、遠召は静かに仕事部屋へ向かった。

初夏の庭では、気の早い蝉が鳴いている。

高知英利　Ⅰ

灰色の低いブロック塀に囲まれた赤い屋根の平屋。外壁はところどころ亀裂が走り、補修した白い線がひょろひょろと幾筋も走る。裏に回ると、手入れされていない雑草だらけの狭い庭がある。すみにヤマボウシの木が一本、緑の葉をさわさわと茂らせている。

遠召の家に厄介になって、十日ほどが経った。

遠召がどういう男なのか、高知にはまだよく分からない。

遠召は高知よりふたつ上の二十六歳で、町外れの古い一軒家に暮らしている。同居人がいるが、その同居人は出ていったきり、もう長い間帰ってきていない。恋人かと聞いたが、はっきりそうとは答えない。恐らく、別れた恋人を忘れられない――んだと思う。

つまり実際は、独身で、恋人もいない、ひとり暮らしの若い男だ。

仕事は週に三、四日、近所の古書店へ店番にでかける。老齢の店主がこの冬に腰をやってしまい、豆腐屋の店主を通して店番の話がきたのだといやそうに言っていた。

古書店に行かない日は、自宅で簡単なデータ入力などの仕事をしているが、それも午後早い時間には切り上げる。あとは本を読んだり、酒を飲んだり、眠ったり、怠惰に過ごす。

今も、庭先の縁側でビールを横に置き、太陽の光を浴びながら爪を切っている。やせた身体を折り曲げて、足先からぱちんとかすかな音が立つ。

「遠召さん、新聞敷く?」

夏の午後。薄暗い居間から、明るい縁側へと声をかけた。

「んー……」

どっちつかずの言葉が返ってくる。それから少し沈黙を挟んで、いい、とぽつりと返ってきた。遠召の声は細くかすれていて、いつもワンテンポ遅れてこちらを崩す。

「それより、ビール」

横に置いてある缶はもう空になったらしい。高知は台所から新しく冷えたビールを持ってきた。ついでに朝のうちに茹《ゆ》でておいた枝豆の皿も添えて出す。

「……それ、腐ってないか?」

さやの色がどんよりと悪い枝豆の皿を見て、遠召が言った。

「普通のと違うんだよ。スーパーで黒大豆って書いてあって、珍しかったから」

ここで厄介になってから、家事はほとんど高知がしている。日常の買い出しから、掃除などの家事一通り。命令されたわけではなく、自然とそうなった。

繊細な見た目に反して、遠召はあらゆることに対して無頓着《むとんちゃく》で、無関心で、それはほとんどずぼらに近い。廊下を歩くたびに埃が舞うと高知が消極的に訴えたとき、じゃあまた歩いてどこかへ吹き飛ばせばいいと言われたのが、家事に手を出すきっかけだった。

「黒大豆って、豆が黒いのか」

「さあ。袋には紫ずきんって書いてあったけど」

「黒か紫かどっちなんだ」

細かな産毛にくるまれた色の悪いさやを遠召がつまむ。その指がとても細い。薄い唇に枝豆を挟み、うつむきがちにかりりとさやをかむ。

「おいしい?」

「枝豆の味がする」

甲斐《かい》のない男だった。高知は少しだけがっかりしながら、遠召の茶色の髪を眺めた。傷んでいるせいで透明感のある前髪の向こうでは、驚くほど長い睫《まつげ》が頬に淡い陰を作っている。視線を下げて、ハーフパンツからむき出しの長い足を辿《たど》っていく。

「……ちいさいなあ」

思わず呟くと、遠召が顔を上げた。動かないと思っていた人形がふいに動いたようで、どきりとした。彫刻刀ですうっと彫り流したような涼しい目が、なにが?　と問う。

「あ、爪。小指の。小さくて消えそう」

遠召は自分の足を見てああ、と呟いた。

「前にぶつけて、はがしたことがある」

遠召は右足の小指に触れ、痛くて死にそうだったと、全然死にそうではない風につけ足した。遠召の話し方には抑揚というものがほとんどない。静かに流れて消えていく音楽みたいで、ついつい聞き入ってしまう。気づくと沈黙が落ちていた。

無理に話そうとは思わなかった。遠召には沈黙が似合う。高知は互いの足を行き交わせ、並べて揃《そろ》えてみた。遠召の足はほっそりとしていて、自分の足とは甲の高さもくるぶしの骨の頑丈さもなにもかもが違う。血の気のない爪の表面はうっすらと波打っていた。

「栄養が足りてないと、こうなるらしいよ」

波打っている爪の表面に触れてみた。

「ろくなもん食ってないからな」

「遠召さん、食細いからね。もっと食べたほうがいい」

「そうだな」

改善する気の全く見えない同意をしてから、

「ここ、暑い」

と、唐突に立ち上がって居間に入っていった。

ひとり取り残された縁側で、高知はいきなり打ち切られた会話をもてあました。

遠召は他人に気をつかわない。マイペースで、ほとんど傍若無人といっていい。けれど意地悪や自分勝手という人間らしい生気を感じないせいか、いやな感じは受けないのだ。淡々とそこにある植物を見ているようで、かといって存在が薄いわけではない。

高知は居間を振り返った。古い楕円形《だえんけい》の食卓の足元、日射しが届かない陰のところに寝ころんで遠召は目を閉じている。畳に投げ出していた両足を、途中で思い直したように三角に立てる。畳のささくれが素足にちくちくするのだ。

高知は口元だけで笑った。笑ったことで、自分がまた遠召を見ていることに気がつき、慌てて視線を庭へ戻した。なんだか悪いことをしているような、おかしな気分になる。

実際、遠召は奇妙に目を惹《ひ》く男だった。

顔の造作だけなら、やや目が鋭すぎてきつい印象を人に与える。生命力の薄そうな不健康なやせ方をしているし、所作も意外と乱暴で、あぐらをかくし、立て膝で食事をしたりする。なのに全体として見たとき、美しいと感じることが不思議だった。

ぼんやり考えていると、灰色のブロック塀の向こうから足音がした。ばらばらと揃わない複数の足音。次の瞬間、塀越しになにか細かいつぶてのようなものが投げこまれた。細く高い笑い声が一斉に響き、そのまま駆け抜けていく。若い女の子たちだ。

高知は縁側を下り、投げこまれたものが落ちた場所に目をこらした。なんだろう。桃色、青色、黄色、雑草の隙間にとげとげした粒が落ちている。金平糖だった。

「遠召さん、遠召さん」

居間に戻って呼びかけると、遠召は薄く目を開けた。

「これ、さっき庭に」

金平糖をつまんで見せると、遠召は寝ころんだまま、だるそうに首を庭へ向けた。しばらくぼんやりしてから、ああ……、と返事にもならない返事をした。

「これ、なにか知ってるの?」

「金平糖だろう」

「じゃなくて、なんでこんなもんが投げこまれたのか。理由」

「さあな、いたずらだろう。春くらいからたまにされるようになった」

「いたずら?」

高知は吟味するように繰り返した。聞こえた声の調子からすると中学生くらいだろうか。中学生にもなった女の子が、こんな幼稚ないたずらをするだろうか。

「あ、おまじないかな」

「おまじない?」

今度は遠召が問い返す。高知はうなずいた。

「俺が中学のときも、似たようなのが女子の間で流行《はや》ってた気がする。好きな男のかばんだかポケットだかにこっそり飴《あめ》を入れ続けたら恋が叶《かな》うとか」

高知は思い出し笑いを浮かべた。学校から帰ってかばんを開けると、あらゆる隙間にオレンジャグレープの飴が入っていた。たまに学生服のポケットにも。

一体誰が、いつ入れるんだろうと当時は困惑した。誰が入れたのか分からないものは食べられず、でも人の気持ちだと思うと捨てられず、始末に困ったのを覚えている。世代は変わっても同じような遊びが繰り返されているのかと、高知は愉快な気分になった。

「さっきの子たち、遠召さんのこと好きなんだね。中学生くらいだったかな。かばんもポケットも無理だから、庭に金平糖投げこむなんてかわいいなあ」

しかし遠召は眉をひそめて桃色の金平糖をつまんだ。

「かわいい？　要は呪いだろう」

「呪い？」

「自分の欲を叶えるために願をかける。五寸釘が金平糖になっただけだ」

ひどい言いぐさだった。てっきり冗談だと思って笑おうとしたが、

「きちがい沙汰《ざた》だな」

冷たく言い捨て、遠召は金平糖を縁側へはじき飛ばした。温度の感じられない目。笑いの要素など少しもなかった声音。高知は反応に困った。

「でも、誰かを好きになるのは楽しいことだよ」

「どこが？」

「しんどいこともあるけど、相手のこと考えるとどきどきしたり、顔見られただけで嬉しくな

ったり、デートしたり、他にも色々したり、楽しいことも多いと思う」

「へえ、そういうものか」

初めて聞く物語のような反応に、高知はますます困った。

「だから、遠召さんも彼女を待ってるんだろう?」

「彼女?」

「え、ここで一緒に暮らしてた人、恋人だろう。今でも待ってるんじゃないの?」

おかしな間が空いた。

「ちがった?」

自分がとんちんかんなことを言ったように感じ、高知は首をかしげた。

「女だなんて言ってない」

遠召は無表情に、もう話すのも面倒くさいと言うように背中を向けてしまった。

高知はしばらくその場に座りこんだ。つまり、遠召の恋人は男ということか。

遠召の家に厄介になって十日ほど。

遠召がどういう男なのか、高知には一層分からなくなった。

自分のことは話さず、他人のことも詮索してこない。別れた彼女——彼だったが——を忘れられないと思っていたが、どうもそんな一途な性格だとも思えない。どちらかと言えば、去る者は追わず、少しでも気に入らなければ自分からさっさと去るタイプに思える。

行動と印象のちぐはぐさが、遠召の輪郭をさらにぼやかせる。つかみどころがなく、アンバランスで――。

遠召のような男に帰りを待たれているのは、どんな男だろう。すごくいい男そうだなと考えて、自分には全く関係ないことだと気がついた。世話になっている相手に対して下世話な想像をしたことが恥ずかしく、誰も見ていないのに照れかくしに頭をかいた。

居間を出て、高知は庭に面した小さな縁側にあぐらをかいた。横には遠召の飲みかけのビールの缶がある。持ってこさせたくせに、中身はほとんど残っていた。初夏の陽光にぬくめられたビールを一口飲む。なまぬるい炭酸が、喉《のど》をゆっくりとすべり落ちていく。

その感覚を追うように、目を閉じた。

電車を乗り継いで、乗り継いで、高知は最後にこの町で降りた。車窓を流れる風景が、自分が暮らしていた町に似ていると思ったからだ。けれど高知の町も、この町も、どこにでもある地方の町で、電車を乗り継いでいる間、数限りなく似たような風景が目の前を流れていたはずだった。たまたま、意識が向いたのがここだっただけだ。

それまでは風景など目に入らないくらい混乱していた。

混乱していることすら自覚できないほど、我を失っていた。

降り立った小さな駅には、改札がふたつしかなかった。荷物もなにもなく、ぶらぶらと初めての町を歩き、疲れて座りこんだのが開店前の豆腐屋の長椅子だった。逃げて、逃げて、やっと雨をしのげる軒下を見つけた野良犬のような気分だった。

――ここにいていいぞ。

遠召がそう言ったとき、まず疑念が、次に怯えが浮かんだ。なぜ自分のような得体の知れない男を？　もしやあのことを知っているんじゃないか？　しかし遠召は言った。

――親身にはなってない。ただ、たまにこうなる。

あれは、恐ろしくからっぽな言い方だった。『こうなる』ことに理由はなく、制御の方法もなく、絶望的な感じだけが伝わってきた。遠召はどこまでも自分の都合で話をしていて、だからこそ高知はここにいてもいいのだと思えた。

高知は居間を振り向いた。ほっそりとした足を投げ出して、遠召は畳に寝そべって眠っている。他人の存在などどこ吹く風のそっけない背中。人に気をつかわず、人にも気をつかわせない。ここは、自分のような男には砂漠のオアシスに等しい。

けれど長居はできない。迷惑がかかる前に、目途がついたらすぐに出ていこう。高知は立ち上がり、遠召を起こさないよう、足音を立てずに自分の部屋へ行った。

居間と部屋が三つ、台所と水回りというシンプルな造りの平屋建ての家で、高知は東側の四畳半を使わせてもらっている。物置にしていたようで、季節のものやガラクタが部屋の半分を占めている。寝るだけなので不便はないが、掃除だけはした。

簡易ハンガーには女物のバッグや、遠召が着なさそうな派手な柄の男物のアロハなどが無造作にかかっている。賞味期限の切れたペットフードの箱も転がっていて、今まで色んな生き物がここに転がりこんだことがうかがい知れる。男、女、動物。それらの残骸《ざんがい》。

高知は身ひとつで転がりこんだので、ここに来てから少しの着替えと身の回りのものを買い揃えた。そのとき一緒に買ったリュックから、銀行の封筒を取り出した。

中には紙幣が五十枚ほど入っている。夢中で電車に飛び乗ったようで、ちゃんと金を引き出していた。逃げるためには金がいる。混乱しながらも、逃げるという選択を自分はしたのだ。もちろん逃げ続けはしない。自分にはやることがある。

それまでは——。

高知はパンツのポケットに手を入れた。指先が小さくて硬いものに触れる。取り出し、そっと手を開くと、小粒のダイヤモンドで取り巻かれた華奢《きゃしゃ》なエタニティリングが現れた。

エタニティは英語で「永遠」を意味し、結婚指輪によく用いられる。そう教えてくれたのは彫金師の両親だった。高知が幼いころ、もうずいぶんと昔の記憶だ。

古い倉庫を改装したジュエリー工房は天井が高く、窓から差しこむ光と、光に浮かび上がる微細な埃で、作業台に座る両親の姿は宗教画のような敬虔《けいけん》さに彩られていた。

加工される前の裸石や、石を研《と》ぐための工具。工房は子供の興味を引くものばかりで、姉とふたり、飽きることもなくそこで遊んだ。工具に触るのは禁止されていたので、姉のおはじきによくつきあった。裸石を使った贅沢《ぜいたく》な遊び。光をはじいて滑る石たち。

――わたし、大人になったら宝石屋さんになる。

――おれも。

――じゃあ英ちゃんはお店で売る人ね。わたしは作る人。

――えー、おれも作る人がいい。

――じゃあ一緒に作ろう。お父さんとお母さんみたいに、ふたりで。

――違うよ。お父さんとお母さんとお姉ちゃんとおれの四人だよ。

――そっか。うん、みんなで作ろう。

姉が小指を出したので、高知も出した。ゆびきりげんまん、うそついたらはりせんぼんのます。姉と声を合わせて歌う。高い位置にある窓から、白いタイル張りの床に平行四辺形の光が落ちて、作業の手を休めた両親がこちらを見て笑っていた。幸せな記憶の断片。

高知はゆっくりと手をにぎりこみ、内側から立ち上ってくる感情に耐えた。爪が手のひらに食いこむが、力はゆるめない。ゆるめたら、叫びだしてしまう。

そのうち、ゆっくり、波は引いていく。深く息を吸いこみ、高知は手を開いた。指輪は美しく輝いたまま手の中にあり、安堵《あんど》してポケットにしまいこむ。それから夕飯の買い物へ行くために、封筒から紙幣を一枚抜いて財布へ入れた。

居間の前を通りかかると、遠召はさっきと同じ体勢で眠っていた。のんびりとした寝姿に小さくほほえみ、高知は足音を立てないようにそこから去った。

静かに玄関の戸を引き、ゴム草履で表へ出る。今夜はなにを作ろう。遠召はやせすぎだから栄養のあるものを食わせたい。しかしあまり脂っこいと手をつけもしない。

献立を考えながら、高知は一旦スーパーの前を通り過ぎて駅へ向かった。一番近い公衆電話が駅にしかないのだ。逃げてくるとき、自分の携帯電話は捨ててきた。明るい緑色の公衆電話にカードを入れ、調べておいた会社の番号に電話をかける。

「もしもし、営業の倉本《くらもと》さんをお願いします」

自分でも驚くほど、落ち着いた声が出せた。

「倉本は休みをいただいております」

「休み？　今日プラン説明に来てもらう約束をしてたんですけど」

声に不満をにじませると、電話の向こうで事務員は恐縮した。

「申し訳ございません。倉本は急病で入院中でして」

「病気？　退院はいつですか」

「もうすぐだと聞いておりますが、詳しい日取りはまだ……」

「分かりました。お大事にと伝えておいてください」

「かしこまりました。失礼ですがお名前を――」

最後まで聞かず、受話器を置いた。

――もうすぐだと聞いておりますが、詳しい日取りはまだ。

そうか、もうすぐなのか。もうすぐなのか。頭の中で反芻《はんすう》しながら、来た道を引き返していく。通りすがりの車から、『Calling you』のけだるいメロディが聞こえた。

あれは、姉が好きな歌だった。


野球帽のおでこに当たる部分が、じっとりと汗で濡れている。さらさらした砂に足元をすくわれ、一歩歩くごとに身体がぐらつく。ここはどこだろう。明るいらくだ色の丘の向こうに海が見える。ああ、思い出した。ここは小学生のころ夏休みに家族で来た鳥取《とっとり》砂丘だ。

振り返ると、暑さにゆがむ空気の向こうで両親が手を振っていた。

紺色のポロシャツは父親、水色のワンピースは母親。

姉がいない。

砂山のどこかにかくれているのだろうか。

あたりを見回すと、海面が微妙に色を変えていることに気づいた。なんだろうと目をこらす。サファイヤのようだった澄んだ青色が、少しずつ赤味を増していく。工房で姉がよくおはじきに使う、ルビーの裸石のような深紅に染まっていく。

ちがう。それよりも濃い、まるで血のような——。

真っ赤な海は急速に縮んでいき、湖の大きさに、池の大きさに、さらに縮んで、最後には小さなバスタブになった。バスタブの縁に手が垂れ下がっている。白く頼りなげな手。指には、小さなダイヤで取り巻かれたエタニティリングがはまっていた。

どきりと、鼓動が大きく打った。足元がさらさらと崩れ、ゆっくり砂に沈み出す。首まで埋もれ、口の中にまで砂が入ってくる。舌がざりざりする。見上げた空は黄色味がかった気持ちの悪い青色に染まっていて、口が悲鳴の形に開いた。


自分の声で目が覚めた。心臓が激しく波打っていて、首筋や背中がじっとり濡れている。目だけを動かしてあたりを確認した。がらくたに占領された薄暗い部屋。

――大丈夫。ここは遠召さんの家だ。

高知は布団から這《は》い出し、襖《ふすま》を開けた。カタカタという音が夜に鳴る。台所へ行き、冷蔵庫からビールを取り出して居間へ行くと、窓を開け放した縁側に遠召が座っていた。煙草を吸っているようで、細い煙が月灯《つきあか》りだけの青い空気に溶け出している。

一歩踏み出すと、みしりと畳が鳴った。遠召が振り返る。ちらりと一瞥《いちべつ》しただけで、驚きもしない。まるで高知が来ることを知っていたようだった。

「どうしたんですか、こんな夜中に」

「眠れないだけだ」

遠召は前を向いたまま答える。高知は隣に腰を下ろした。

「俺もです。なんか、おかしな夢見ちゃって」

「ああ、悲鳴が聞こえた」

「え？」

「すごい声だった」

「なのに、ここでのんびりと煙草を？」

なんて薄情な、と思った。

「様子を見に来てほしかったのか」

「そうじゃないけど」

「じゃあ、いいじゃないか」

遠召は平坦《へいたん》に言い、また煙を吐き出した。そっけないにもほどがある態度に、逆に気持ちが落ち着いた。様子を見に来られても困っただろうし、どうしたんだと心配されても、なんでもないとごまかして笑うしかない。想像すると疲れてしまったので、面倒なことをさせないでくれた遠召は正しかったのだ。けれど、正しいことは少しさみしい。

「家族の夢を見たんです」

自分から口を割った。

「昼間、姉の好きだった歌をたまたま聴いたからかな。『Calling you』、知ってる？」

「さあ」

興味なさげな返事。高知は首をすくめた。

静まりかえった夜の庭を眺めていると、けだるく、伸びやかで、もの悲しいメロディを思い出す。姉の好きだった外国の歌。ゆらゆらと気持ちの水面を持ち上げるような、エモーショナルな歌だった。高知は膝を立て、顔を伏せた。目を閉じて、唇をかんで、懐かしいメロディがこれ以上流れこんでこないように防御する。それでも涙の気配に鼻の奥がじりじり痛む。

じっと波が引いていくのを待ち、ようやく落ちついて顔を上げると、膝と密着していた頬にうっすら汗をかいていた。手の甲で拭うと、遠召がこちらを見た。

「あ、これ汗かいたから」

本当だったのに、言い訳をしたせいで嘘くさくなった。遠召はどうでもよさそうに首をかしげただけで、余計バツが悪くなる。居心地の悪い思いをしていると、

「すごく我慢してから泣くと、塩からいらしいな」

遠召がぽつりと言った。やっぱり泣いたと思われている。しかしむきになって否定するのもどうかと思い「そうなの？」と軽く流した。

「本当かは知らない。誰かが言ってただけ」

「誰かって？」

「さあ。前にここにいた誰かだったかな」

話しながら、遠召が顔を寄せてくる。

ごく自然に唇が触れて、高知はまばたきをした。

「…………?」

なにが起こったのか分からなかった。

単純に断じるとキスだが、そうと認識できない。

キスという行為にまつわる感情の揺れが、みじんも伝わってこなかったからだ。

戸惑う高知に、遠召はまたくちづける。

避けることもできたのに、そうしなかった。乾いた唇が、触れて、離れて、また触れる。途中で自然と口が開き、舌が入ってきた。艶《なま》めかしい感触と水音。

「しようか?」

息のかかる距離で問われた。きれいな人形のように、感情が乗っていない顔と声。遠召からは欲望の欠片《かけら》もうかがうことができず、高知の戸惑いは大きくなった。

「ど、どうして?」

「寝るのに理由がいるのか?」

いるだろう。少なくとも、高知は今まで理由なく誰かと寝たことはない。それに遠召にだって帰りを待っている恋人がいる。しない理由のほうが多いくらいだ。なのに。

「じゃあ、やめよう」

そっけなく身体を離され、反射的に遠召の腕をつかんでいた。かくしていたひそかな欲望をあっけなく暴露されたみたいで、一瞬で頬が熱くなった。

自分の恋愛対象が同性だと気づいたのは中学のころだ。葛藤《かっとう》はあったが、運がよかったのだと思う。同じ剣道部の先輩にそういう人がいた。高知を見つめる目や、触れてくる手が他の友人とは違った。ほんのりとした、甘い熱を感じるのだ。

三年生が部を引退する日、初めてふたりきりで帰った。物静かな人で、別れ道に来てもなにも言わないので、高知のほうから今度ふたりで会いませんかと聞いた。その人はしばらく黙りこみ、うつむいて急に泣き出した。いつもはそっけないほどの人だったので驚いた。ひんやりとした膜の中にいるような、なんとなく遠召に似ている人だった。

「俺を好き?」

「好きじゃないと、寝られないのか?」

面倒そうに問い返されて、返事に困った。好きで寝たほうが楽しいと思うけれど、それ以外の動機でも寝たいと思う相手はいるし、そういうことをしたいと思う瞬間はある。

「どうする?」

問われて、高知は目の前の遠召に照準を合わせた。

じっと見つめても、遠召の顔には特別強い感情は浮かんでこない。

恐る恐る、遠召へと顔を寄せた。

唇を合わせると、応えるように細く筋張った腕が肩から胸へ、高知の身体のラインを確かめるように滑り落ちていく。蒸し暑い夏の夜だというのに、冷たい手だった。

口の中が甘ったるくなるほどキスをしたあと、遠召が身体をかがめた。高知のハーフパンツに手をかける。下着ごとそれを引き下げ、ためらいなく顔を伏せてくる。

さすがに焦った。こういう場合に必要だと高知が思っている最低限の手続き——表面だけでも甘くコーティングされた囁きなど——を遠召はことごとく飛び越えてくる。

舌の先が性器に触れ、高知は息を詰めた。下から上へ濡れた舌で往復されるたび、ぞくりとしたものが肌を駆け抜けていく。頂点の小さな窪みにくちづけられ、そこでちらちらと舌がうごめく。ささやかな快楽は、与えられるほどに物足りなくなった。

「……遠召さん」

興奮で声がはずむ。小さな頭に手を置いて、やんわり押していく。

のぞき込むと、薄い唇にゆっくりと先端が呑《の》みこまれていくのが見えた。

視覚効果だけで、快感の輪郭はぐんと強まった。

敏感な先端に舌がまとわりつき、ときおり鈴口をきつく吸い上げられる、一気に高い場所まで持ち上げられそうになり、高知は慌てて身体を起こした。

ひどく気が急いていて邪魔な果実の皮をはぐように遠召の服を脱がせていく。自分もさっさと脱いでしまうと、遠召のほうから高知の膝に乗ってきた。大胆さに煽られて目線の位置にある胸の粒に舌を伸ばすと、ほっそりとした身体がのけぞった。

「……っふ、っ」

ひどく感じる場所らしく、きつくしがみついてくる。

わずかな刺激で尖《とが》った先を舌で弾くうち、遠召の肌はうっすら汗ばみ、腰や背中をなで上げる高知の手のひらにぴたりと張りついてきた。骨格がそのまま伝わる薄い皮膚は、強く吸うと淡い痕《あと》がつく。そのことに妙に興奮してしまう。

指先に唾液《だえき》をからませ、背後の閉ざされた場所に触れてみた。腕の中の身体が震える。構わず指で円を描いてゆるませ、ゆっくりと差し入れた。

「……っ」

遠召が反射的に唇をかみしめる。ひんやりとした見た目を裏切って、遠召の中は驚くほど熱かった。指の動きに合わせて、熱っぽい吐息が降ってくる。

赤くふくらんだ胸の先を、菓子みたいに舌でもてあそぶ。甘く歯を立てるたび、遠召の内側は喜ぶように高知の指を締めつける。その感触がたまらなく、しつこいほどに小さな果実を吸い上げた。お互いの息が、少しずつ温度と湿度を上げていく。

「……っく」

ふいに遠召がのけぞった。同じ場所をこすりあげると、たまらないように腰を揺らす。もっととせがむように高知の首に腕を巻きつけ、ぎゅっと身体をくっつけてくる。

「いい？」

問うと、遠召は高知の首にしがみついたまま、こくりとうなずく。

普段の遠召からは想像もできない頼りない仕草に、泣かせてみたい衝動が湧き上がった。ぐしゃぐしゃに、ひどく泣かせてみたい。誰かにそんな風に思ったのは初めてだった。

「ちゃんと言って。気持ちいいって」

遠召が首を横に振る。

「言って」

ぐいとその場所を指で突き上げた。

「……っ、いい…、気持ちいい」

泣きだす寸前みたいな声に、頭の芯までとろかされた。

密着した腹の間で性器がこすれ合い、互いに早く早くと先を急ぐように蜜《みつ》をこぼしている。こぼれたものは隘路《あいろ》を伝い、背後の高知の指の動きを助長させた。指を増やして責めをきつくすると、遠召は短い喘《あえ》ぎをこぼしながら高知の肩に顔を伏せた。

「……もう、来い」

耐えかねたように懇願される。こちらももう我慢の限度だった。指を抜き、自身の昂《たか》ぶりをあてがった。細い肩を押さえこんでいくと、じりじりと、熱を含んで潤む場所に呑みこまれていく。苦しさと紙一重の、息も詰まりそうな快感だった。

目の前には、同じように快感ににじんだ顔がある。いつもの涼しげな様子は欠片もない。情の薄そうな薄い唇が、ぽってりと甘くふくらみを帯びている。火をともされ、とろけていく蠟《ろう》燭《そく》のような柔らかさで、冷たげな普段とのギャップに驚くほど興奮した。

「きれいだ」

思わず呟くと、遠召は眉をひそめた。

顔を背けようとしたので、小さな顎をつかんで強引にこちらを向かせた。

深くつながったまま、熱でふくらんだ唇にくちづける。舌を吸いながら、ゆっくりと腰を小さくゆらすと、遠召の口から短い喘ぎがもれる。それは高知の鼓膜を震わせて、全身に甘い波紋を広げた。もっと、もっと、思うまま貪《むさぼ》りたい。膨張していくばかりの欲望。

気が急いて、相手を気遣った動きを保つのに苦労する。

なのに、遠召は高知の苦労を台無しにした。

「……もっと」

苦しそうに息を継ぎながら、高知の首に腕を巻きつけてくる。

「急には――」

「いいから、もっと」

さっきよりもはっきりとした訴え。きつくしがみつかれ、ひどくしてくれていいからとねだられる。暴力的な甘さに、理性など炎天下の水たまりみたいに蒸発してしまった。

高知は細い腰をつかみ、深く遠召をゆすり立てた。

遠召の喘ぎはすすり泣きに変わり、必死に高知の肩に額をこすりつけてくる。止めてと哀願しているような、もっとと懇願しているような、どっちつかずの仕草。

泣かせたいと思ったくせに、かわいそうになってくる。

なのに止められない。優しくしたいと、追い詰めたいが同じ分量で心に迫ってくる。そしてそれは、みるみる追い詰めたいに傾いていく。めまぐるしく変化していく気持ちに、実は自分のほうが振り回されているのだと気づかされる。

「気持ちいい？」

ばかみたいに、見れば分かることをわざわざ質問した。遠召はうなずくだけで精一杯のようで、切羽詰まった様子にさらに煽《あお》られ、けなげに尖った胸の先に吸いついた。

「止め、それ……っ」

遠召が身をよじる。でも逃がさない。細い身体をしっかりと抱きしめ、赤く色づいた部分全体を口に含んだ。小さく芽吹いている先を舌で転がすと、連動して内側がしまる。

もう言葉はなく、お互いに呼吸だけが速くなる。

腰を大きく回したと同時、遠召はひきつった息をもらした。

放出に合わせて、細かく震える身体を抱きしめた。遠召の放った蜜が下肢へと流れ落ち、つながっている場所まで辿り着く。揺さぶりを再開させると、くちゅっと音が立った。

「待……っ」

苦しそうに高知の肩を押し返してくる。けれど全く力が足りてない。

構わずに行為を深めると、抵抗はすぐに止んだ。揺さぶられるまま、遠召は高知の肩に顔を伏せ、弱くて速い呼吸を繰り返す。瀕死《ひんし》の小動物のようで庇護欲《ひごよく》をかき立てられる。

触れると冷たい陶器人形のような、普段の遠召とは違いすぎる。

どうしてこれほど印象が違うのだろう。どっちが本当の遠召なのだろう。

知りたいという欲求が、あぶくのように湧き上がる。

遠召のことを知りたい。もっと、もっと深く知りたい。欲求が快楽に拍車をかける。坂道を駆け下りる子供みたいに、自分の意志で止まれない。今にも転んでしまいそうだ。

そしてそれはやってきた。

快楽の大波がせり上がって、高知を頭からとぷりと沈めてしまった。

熱く潤んだ肉の中で、性器がどくどくと脈打っている。ためこんだ熱を吐き出すたび、遠召の身体も細かく震える。冷たい印象とは裏腹に、感じやすい身体を愛しいと思った。

つながったまま抱きしめて、しばらく息を整える。

少しずつ呼吸が安らかになり、遠召が高知にもたせかけていた顔を上げた。

「……遠召さん」

快感の余韻を味わうようにくちづけようとすると、すいと顔を背けられた。遠召はあっさりとつながりをほどき、散らばっているシャツに手を伸ばす。

「……よくなかった?」

思わず聞いてしまった。遠召が首をかしげてこちらを見る。

なぜそんなことを聞くんだろう、といいたげな不思議そうな目つき。

なんだか自分が間抜けに感じられ、高知は曖昧に笑った。遠召は黙ってシャツを羽織る。高知も服を身につけながら、ばかなことを聞いた自分を恥ずかしく思った。けれど、身体を重ねたあとで、これほどそっけない態度を取られたのは初めてだった。

遠召はシャツ一枚で片膝を立て、ぼんやりと煙草を吸っている。

ひんやりとしていて、どこを見ているのか分からない横顔。さっきまでの熱っぽさはすっかり消え失せ、ほんの少し前まで腕の中にいた男とは全くの別人に思える。

手に入れたわけでもないのに、失ってしまったようなさみしさを感じた。

遠召結生　Ⅱ

四時半を回ったところで、遠召《とおめ》は仕事を切り上げた。

簡単なデータ入力は集中しやすく、しかしすぐに飽きるのが難点だ。

あとは週に三日か四日、腰を悪くした老店主に代わって古書店の店番をする。面倒だからと断ったのに、人の話をきかない豆腐屋の店主に勝手に決められてしまった。

働くのが嫌いなわけじゃない。ただ、自分だけが暮らしていければいいと思うと、働く気力は湧《わ》かない。どこかに出かけたいとか遊びに行きたいという欲求もなく、だらだらと過ごしているうちに日々は流れていく。起伏のない毎日。心はゆれない。そういう暮らしを自分から望んでいるくせに、たまにうんざりして、それもまた流れていく。

けれど先日から居候になった男は違う。怠惰とは縁がない。

冷蔵庫からビールを出していると、外から「遠召さーん」と呼ばれた。縁側に出ると、高知《たかち》は庭で居間の食卓にやすりをかけていた。遠召を見て、できたよと笑いかけてくる。

「ほら、これでもうぐらつかない」

縁側に食卓を置き、高知は手のひらで圧をかける。四本の足はぴたりと床につき、どこも浮き上がらずに水平を保っている。以前から足のバランスが悪くてぐらついていたのだが、買い換えるのも面倒くさいのでそのまま使っていたものを高知が修繕すると言い出した。

「ついでに、樋《とい》の継ぎ目も直しておいたから」

高知が来てから、あちこち傷みが激しかった家がどんどん修繕されていく。

きっかけは先日の雨だった。ひさしのゆがんだポストの中で、夜に降った雨が新聞をひどく濡《ぬ》らした。これじゃ読めないよと高知は嘆き、その日のうちにポストは高知の手によって正しい四角形を取り戻した。それから毎日、高知は家の中のあらゆるものを直している。

恩返しというより、作業自体が楽しいらしく、図工に取り組む子供のような熱心さは見ていて気持ちがいい。遠召は縁側に置かれた食卓に頬杖《ほおづえ》をついてみた。かくんとしない。

「うまいもんだな」

感心すると、高知は得意そうに鼻を鳴らした。

「家具屋だからね」

「家具屋？」

頭の中に、商店街のこぢんまりとした家具屋が浮かんだ。このあたりの店のほとんどがそうであるように、その家具屋の店主も年老いている。埃《ほこり》のかぶったカラーボックスや箪笥《たんす》。買っているのも老人で、あと十年ほどしたら確実につぶれそうな——。

「作るほうだよ。職人」

「へえ……」

スーツの会社員よりはしっくりくる告白だった。

「修繕だけじゃなくて、なにかほしい家具があったら言ってよ。テーブルでも椅子《いす》でもベッドでもなんでも作るよ。俺が好きなのは椅子かな。自由度が高いからおもしろい」

まあ木の感触自体が好きなんだけど、と高知は食卓の表面をなでた。

仕事への愛情や誇りが見えかくれする手つき。若い男らしい生気や意欲。高知からはそういった真っ当で健全なものが見て取れる。

見ていて清々《すがすが》しい反面、ふと疑問に思うときもある。そんな男が、こんなところでなにをしているんだろう、と。今まで引っ張り込んだ連中とは毛色の違う、場違いな陽性さ。

「遠召さん、なにかリクエストない？」

高知がこちらを向いた。夏がよく似合う笑顔。汗ばんだ頬の輪郭が日差しに光っている。

それを眺めながら、遠召は首を横に振った。

「ほしいものはない」

家具に限らず、ほしいものは特にない。こだわるべきことも特にない。高知へのささいな違和感ももう消えてしまった。自分に過去があるように、高知にも過去がある。誰にだってある。過去も。事情も。それだけのことだ。遠召は眩《まぶ》しい庭へ目をやった。

「そう言うと思った。ま、リクエストされても道具がこれしかないし」

高知は苦笑いで錆《さび》の浮いた古い工具箱に目をやった。それは高知に明け渡した四畳半にあったもので、家主である遠召はそんなものがあることすら知らなかった。

「前に大工の男がいたから、そいつのかもな」

ビールを一口含んで、遠召は空を見上げた。五時前。夕方になっても夏の空は明るい。黄昏《たそがれ》の気配も見せず、空の根元からは力強い入道雲が湧き上がっている。

「一体何人と暮らしてたの」

高知が遠召の前に立つ。身体が大きいので光がさえぎられた。

「何人……」

数えようとすると、高知の影が笑った。

「嘘《うそ》、思い出さなくてもいいよ」

そう言い、食卓を居間へ持って行く。畳に置き、その前にしゃがみこみ、目線を卓面と同レベルにして、かしぎがないかしつこく点検している。本当に職人なのだ。

ビールを半分ほど空け、遠召はごろりと縁側に転がった。色んな男や女を住まわせたが、高知は一緒にいてほとんど苦を感じない珍しい相手だった。からっとしていて、軽薄でなく、重くもない。なによりいいのは、寝てからも変にベタベタしてこないところだった。

なるべく後腐れのない相手を選んできたが、中には見当違いもあった。寝ることを人間関係の通行券のように扱い、その前後で態度が変わってしまう人間がたまにいる。親密になることと、相手の領域に許可なく踏みこんでいくことを混同している人間。そういう類は速やかに追い出した。今の暮らしを乱されることが、遠召は芯《しん》から怖い。

この家には、昔出ていった男の気配が色濃く残っていて、それは誰を招き入れようが、誰と寝ようが、決して薄れることはない。逆に、薄れないよう遠召自身が細心の注意を払って生きている。男が出ていった日からなにひとつ変えないよう、時間を止めて生きている。

なににも心をゆらさず、そこにある石のように静かに毎日を過ごしている。このまま、この古い家で年を取って、ある日ふっと消えてしまいたいとすら思う。跡継ぎのいない商店街の店のように、気づくと店ごときれいさっぱり消えていて、更地、もしくはマンションなどが建っている。そこになにがあったのか、すぐには誰も思い出せないのだ。

そこに、男が訪ねてきたらいいと思う。

確かにここにあったんだと男は喚《わめ》くだろうか。自分の所有物が勝手なことをするのは我慢できないたちだったから、おかしいほど動揺するだろう。それを笑いながら見てみたい。暗い喜びに浸りながら、遠召はその様子を夢想した。つぶられた瞼《まぶた》を通して光を感じる。

「そんなとこに転がってたら焼けるよ」

閉じた視界が暗くなり、遠召は目を開けた。真上に高知の顔がある。大きな樹木の下にいるように、遠召の上に影を作ってくれている。涼しい風が頬をかすめた。

「膝《ひざ》」

呟《つぶや》くと、高知は縁側に腰を下ろして足を投げ出した。遠召はその上に頭を置いた。膝枕は女のほうが気持ちいいが、高知の膝は肉の柔らかさとは違うよさがある。ごつごつと節の高い指が遠召の散らばった前髪を払い、身体をかがめてキスしようとしてくる。身体がかたいのか、あと少しが届かない。キスをしようとがんばって首を伸ばす男の顔はおかしかった。

「間抜け」

「ひどい」

高知は笑って膝を立てた。自動ベッドのように遠召の首から上が持ち上がる。高知が顔を寄せてくる。清潔なくちづけを、遠召は目をつぶって受け入れた。

先日以来、高知はよく夜中に縁側にやってくる。悪夢で目が覚めるともう眠れず、逃げるように部屋から出てきて、同じように眠れずにいる遠召と夜を過ごすのだ。

――遠召さんがよく昼寝するのは、夜中、起きてたからなのか。

納得したようにうなずき、けれどなぜ眠れないのか問おうとはせず、ただ遠召の隣に腰かけて、朝食はなにを食べようとかどうでもいい話をする。そのあと、睡眠薬や鎮痛剤みたいなセックスをするのが常になった。抱き合ったあとは、お互い眠りやすくなる。

「細いなあ」

高知が呟き、遠召は目だけでなにがと問いかけた。

「首」

短く答え、大きな手のひらで首筋に触れてくる。耳裏あたりを指で辿《たど》られ、さわさわと甘く肌が粟立《あわだ》った。そこは弱いのだ。身を縮めると、嬉《うれ》しそうに何度も繰り返す。

「ほんと細い。力入れたら、ぼきって簡単に折れそうだよ」

慈《いつく》しむような口調に、ふと暗い甘えがよぎった。

「折ればいい」

「え？」

「ぽきっと、簡単に折ればいい」

「そんなことしたら死んじゃうだろ」

高知が笑い、遠召は目を閉じて笑みの形に唇をゆがませた。

「死んでもいいのに」

首筋に触れていた手がぴくりと震えた。沈黙が落ち、遠召は目を開けた。明るい縁側。逆光で輪郭だけの大きな影。だんだんと目が慣れてくる。

「ばか」

高知はもう笑っていなかった。

「テーブルみたいに、人間は簡単に直せないよ」

冗談でもそういうことを言うのはよくないと、高知は硬い声でつけ足した。

遠召は「そういうこと」をよくないとは思わないし、今の状況を考えると、逆に解放された気分にもなるが、高知が不愉快に思う気持ちは理解できた。普通はそうだ。思春期をこじらせた子供みたいに、言わなくていいことをわざわざ口にした自分が悪かった。

――結生《ゆい》、待ってろよ。すぐ帰ってくる。

呪文《じゅもん》のような言葉がよみがえってくる。どれだけ逃げたくても、解放されたくても、自分はずっとここで、なにも変わらず、ただ待っていなくてはいけない。首を折られて勝手に死ぬ自由はない。真夏の蒸し暑い縁側で、遠召は指先が冷えていくのを感じた。

「悪かった」

素直に謝ると、高知が「……あ」と表情をほどいた。

「俺もごめん。言い方が少しきつかった」

高知がくちづけようとしてくる。けれどそういう気分ではなく、起き上がろうとしたが体重ごと乗せたキスで組み伏せられた。シャツの裾《すそ》からそろりと手が忍びこんでくる。脇腹を伝って胸のあたりに辿り着き、兆しすら生まれていない柔らかな場所を探り当てられた。

「……っ」

じわりと体温が上昇した。身をよじって抗《あらが》っても、逆効果のように拘束がきつくなる。たくましい腕の中に閉じこめられたまま、無骨な指で乳首をこねられる。

いじられている場所はみるみる尖《とが》って、男の指を楽しませた。触れられれば、どうしようもなく感じてしまう。労せずぺろりと皮のむける果実みたいに、いいように中身を貪《むさぼ》られてしまう。不便でうっとうしい身体だ。長い時間をかけて、あの男にそうされた。

力の抜けた遠召を居間へ引きずりこみ、高知は濃い藍色《あいいろ》のカーテンを引いた。薄い青に沈んだ部屋で、遠召は自分から服を脱ぎ、乱暴に高知の首に腕を巻きつけた。

指や足の先、身体の末端が冷たいままで、これが続いたら、また足元に大穴が開きそうだった。気をつけているのに、たまにこうなる。たいした理由もなく、防ぎようがない。

どうして感情なんてものがあるんだろう。

感情をゆらすことは苦しみと同じで、それをまた元通りに立て直すのに苦労する。崩れる前となんら変わらないものに戻すなら、わざわざ苦しい思いをする意味はなんだろう。

感情をゼリーみたいに固めてしまいたい。

もしくは形も意味もなくなるほど、ぐずぐずにとかしてしまいたい。

セックスは、そのための手っ取り早い手段だった。その場限りの使い捨てでも、高知のやり方は確実に遠召をふぬけにしてくれる。単純に肌の相性がいいのか、普段は穏やかなのに、その間だけは少し手荒になるところもよかった。

身体を裏返され、畳に這う格好で足を開かれる。反射的に羞恥《しゅうち》が湧いたが、抗う間もなく指が入ってきた。途中で潤滑剤を使われ、とろかしながら内側をくまなくさぐられる。快感にそこが締まるたび、注ぎこまれたものがあふれて会陰を伝った。

頭の芯までとろけたころ、柔らかく潤んだ場所に高知が入ってくる。

狭い場所に、ゆっくりと大きすぎる熱をうずめられていく。

ゆるく腰をつかわれ、最初は苦しく、それは少しずつ快感に取って代わっていく。踏ん張っていられず、落ちそうになる腰を抱え上げられる。感じる場所を強弱をつけて突かれ、遠召は畳の目に爪《つめ》を立てた。触れられてもいない性器から、ぽたぽたと蜜《みつ》が滴り落ちた。

「あ、きつ……いっ」

畳にぺたりと頬をつけて喘《あえ》ぐと、高知は一旦動きを止めた。

けれどほっとする間もなく、その手は脇腹をなで上げながら、胸の突起へと辿《たど》り着いた。小さな器官をつままれ、びくんと身体が震える。親指と人差し指をこすり合わせられると、胸から下腹へと甘い波紋が広がっていく。いやらしくふくらんでしまった乳首をいじられ続けているうちに、高知をくわえこんだままの内側が恥ずかしいほどひくつきだした。

「……っ、エリ……」

さっきから抽挿は止まったまま、刺激がほしくて、どうしようもなく腰がゆれてしまう。ねだるような動きをしながら、もっとと訴える声までがぐずぐずにとけていく。

「分かってるよ」

優しい声音。期待感でぞくりとする。背後を穿《うが》つものが、再び動き出す。速度が徐々に上がっていき、待ちわびていた身体は恥ずかしいほど敏感に反応した。

毎日、昼間からこんなことをする。夜もする。してばかりでふぬけになる。とろとろにとろけてしまって、流れでて、形もなくなって、ようやく少し楽になれる。


いつの間にか、畳に投げ出された手の先が夜の気配と混じり合ってとけていた。

後ろから遠召を抱きしめたまま、高知はやすらかな寝息を立てている。

夜に眠れない代わりに、高知もよくうたた寝をするようになった。縁側で日差しを浴びながら、今みたいに遠召を腕に抱きながら、無意識に温かいものをかき集め、ようやく安心する子供のようにすやすやと眠る。

規則正しい呼吸を聞いていると、遠召も眠くなってくる。溜息《ためいき》のような息をひとつこぼして眠りに落ちようとしたとき、空気が震えた。

高知が修繕してくれた、地にしっかりと足のついた食卓の上で、遠召の携帯電話が振動している。仄暗《ほのぐら》く青い部屋で着信ランプが獣の目のようにぴかぴかと光る。

――結生、待ってろよ。すぐに戻ってくるから。

凪《な》いでいた感情が一気に波立ちはじめる。

出たくない。出なくてはいけない。

ゼンマイがてんでばらばらに回りだし、ばからしいほどの不安感に襲われる。ぎくしゃくと闇《やみ》に手を伸ばし、恐る恐る見ると、着信画面には義父の名前が浮かんでいた。

思わず深く息をつく。次に別の意味で溜息がこぼれた。無意味に感情をゆらし、立て直しに苦労する。この繰り返しは本当に人を無気力にしてしまう。遠召は通話ボタンを押した。

「結生か」

電話の向こうから、穏やかな低音が聞こえた。昔から変わらない、優しく、柔らかく、真綿のように遠召をしめつける義父の声だ。

「仕事で近くまで来たんだが、時間があれば夕飯でもと思って」

またか——。短い沈黙は言葉にしない気持ちを義父に伝える。

「忙しかったらいいんだよ。また今度で」

「いいよ、行ける」

このやり取りはもう様式美となっている。義父はいつも突然やってきて遠召を誘う。どうせ行かなければいけないのなら、約束までの待ち時間がない分、急なほうが助かる。下手に時間があれば、自分はきっと逃げ出してしまうだろうから。

「じゃあ駅前のいつものところで。先に行って待っているよ」

「……うん、分かった」

うなずいて通話を切った。携帯を持ったまましばらくぼんやりし、重力に任せてぱたんと畳に手を落とした。ああ、どうしよう。行く前から疲れている。

「出かけるの？」

遠召を後ろから抱きしめたまま、高知がねぼけた声でたずねた。ああと返事をする。それ以上は言わない。高知も聞いてこない。一度だけ強く遠召を抱きしめ、素直に腕をほどいた。

「行ってらっしゃい、気をつけて」

身体を起こして振り返ると、とろけた闇の中で輪郭だけの高知が小さく手を振った。

本当は行きたくない。義父になど会いたくない。約束などすっぽかして、ここでだらだらと寝ていたい。簡単なことだ。もう一度高知の胸に倒れこめばいい。

けれど、できない。昔からそうだった。いやだいやだと思いながら、したくもないことばかりする。子供のころからなにも変わっていない。

散らばった服を身につけながら、遠召はブロック塀の向こうの空に目をやった。

今夜の月は、半端にけずれた滑稽《こっけい》な形をしている。


店に着くと、義父は冷酒で先にやっていた。対面にはすでに遠召の猪口《ちょこ》が用意してある。遠召は普段はビールで、日本酒は義父と会うときだけ、年に四、五回飲む程度だった。

「いきなりで悪かったな。なにか用事があったんじゃないか」

義父が酒を注いでくれたので、一口飲んで、遠召も注ぎ返した。

「ないよ。毎日ごろごろしてるだけだし」

「つまらないな。若いのに」

義父がほほえむ。目尻に皺《しわ》がよって、優しげな顔立ちがさらに柔らかくなる。二年ほど前から髪に白いものがまざりはじめ、会うたびそれは増えていく。

「ああ、これ。最近急に増えてきたんだ。染めたほうがいいかな」

遠召の視線に気づき、義父が恥ずかしそうに自分の髪に触れる。

「義父さんには似合うよ」

「そうか」

義父は嬉しそうに小さなガラスの猪口を飲み干し、それから遠召をじっと見た。

「結生もどんどん大きくなるなあ」

二十六にもなろうかという男に、義父はいつもそんな言い方をする。

「大きくなるほど、結子《ゆうこ》……お前のお母さんに似てくる。子供のころから薄い口元はそっくりだったが、今は目元も生き写しだ。目尻がすうっと切れて、結子は真夏でも涼しそうな子だったよ。兄妹なのに僕の目元は垂れていて、昔から結子が羨《うらや》ましかった」

「そう……」

実の両親は遠召が幼いころ事故で亡くなり、遠召は母親の兄の家へ引き取られた。義父は遠召をとてもかわいがってくれた。実の子のように。いや、実の子である義兄以上に。

遠召は食べもしない刺身を皿に取った。伏せた顔に義父の視線を感じる。重苦しいほどの愛《いと》しさにあふれたそれを受けて、遠い夏の記憶が浮かび上がってくる。

仏壇にちょこんと置かれたきゅうりの馬となすの牛。お盆が終わり、漬け物にされたそれで義父は冷酒を飲んでいた。幼い遠召を膝に乗せ、たまに爪楊枝《つまようじ》で漬け物を口に入れてくれる。

——結生の口はお母さんにそっくりだ。薄い三日月みたいなきれいな形だ。

向かいでは義母と義兄がスイカを食べていた。義母のふっくらとした口元から薄赤いスイカの果汁が垂れ、義母はそっとそれをぬぐった。まるで口元をかくすみたいに。

「お母さんの墓参りには行ってるか?」

「……うん、なかなか忙しくて。今度時間作って行くよ」

義父は嬉しそうに何度もうなずく。

「ああ、そうしなさい。お母さんも喜ぶよ」

遠召は曖昧《あいまい》に笑い返した。『お母さん』の墓は、『お父さん』の墓でもあるのだが、義父はかたくななまでに『お父さん』の話をしない。昔からそうだ。まるで遠召には『お父さん』などいないように、遠召の母であり、義父にとっては妹である結子の話ばかりする。

繰り返し、繰り返し、宝物の箱を開けるように。

そういうとき、近くにいる義母の顔からはどんどん表情が抜けていった。正真正銘この家の子供でありながら、父親から関心を持たれない我が子をうながし、さっさとその場を離れることが多かった。白く、能面のように強張《こわば》った義母の横顔。

義父の愛情が深まるほどに、義母の遠召への態度は冷ややかさを増していった。ゆらゆらとゆれるやじろべえのように、あちらが上がればこちらが下がる。義父と義母。不安定な秤《はかり》の上で、遠召はいつしか周囲ばかりを気にする子供になっていった。

幼い遠召は『お母さん』の話はもうしないでと、何度も義父に頼もうと思った。『お母さん』の話がきっかけで、義母の機嫌が悪くなることに気づいたのだ。

けれど、ついに口にはできなかった。口にすることでなにかすごいものが現れるような、漠然とした恐ろしさを感じていた。分別がついた今となっては、それでよかったと思う。

昔も今も、遠召の周囲は秘密であふれている。家中の誰もがそれを知っていて、けれど触れようとはしない。秘密は家族の中心で、いつまでも不穏に息をひそめたままだ。

店を出たのは、八時を少し回ったころだった。すぐそこの駅へ見送りがてら、義父と並んで歩く。階段の手前で、義父がここでいいよと立ち止まった。

「じゃあ結生、食事はちゃんととりなさい。お前は結子に似てやせすぎだ。それと困ったことがあったら、小さなことでもいいからいつでも僕に連絡してきなさい」

愛しさのにじんだ声音。けれど、この人は肝心なことはいつもなにも話さない。わざわざ口実を作って会いにくるくせに、遠召が実家を出るきっかけになった事件のことも、人物のことも、話し合うどころか一度も口にすらしたことがない。

きっと、遠召を形代に死んだ妹の思い出を辿ることに精一杯で、その他の都合の悪いことには一切目をつぶって生きているのだ。心が弱いのか、逆に強靱《きょうじん》なのか分からない。恐らく、義母や義兄は、義父が遠召に会いに来ていることも知らないだろう。

黙っていると、「ん？」と義父が穏やかに目を細める。

「なんでもない。じゃあ、俺はここで」

遠召は苦い笑みを浮かべた。軽く手を振って踵《きびす》を返す。背中に視線を感じる。義父がこちらを見送っていることが分かるので、振り返らず、さりげなく歩調を速めた。

雨の中を長い間歩き回ったかのように、ひどく身体が重かった。降ってくるものは愛情によく似た、けれどなにか別の物で、霧雨みたいに髪や服に染みこんで、遠召の身体をじっとりと湿らせて重くする。憂鬱《ゆううつ》を振り切れず、うつむきがちに歩いていたときだ。

「遠召さん」

後ろから声をかけられた。振り返ると、高知が立っていた。

「用事、もう終わったの？」

高知の声もたたずまいもいたって普通で、遠召はなんだかぼんやりしてしまった。

さっきまで世界は憂鬱なグレイにぼやけていたのに、そこに立つ高知の輪郭だけがくっきりと健全なラインをなしている。大きな肩越しに駅の階段が見える。義父はもういなかった。ふっと肩から力が抜けた。

「お腹空《す》いちゃって。なにか食べに出てきたんだけど選ぶほどないね」

高知が周辺をぐるっと見回す。

「少し外れたとこにまああの店がある。居酒屋だけど飯ものも多いぞ」

「へえ、じゃあそこ行ってこようかな」

「俺も行っていいか」

「え、本当？　歓迎」

高知が嬉しそうに言う。食べてきたばかりで腹は空いていない。でも高知といたかった。高知の持つ普段使いの空気感が、ざわついた気持ちを落ち着かせてくれる。

細い路地に入ると、高知は脇に並ぶ店を興味深げに眺めた。紫のネオン看板が出ているスナック。赤い提灯《ちょうちん》がさがっている飲み屋。店先で煙草《たばこ》も売っている薄暗い時計屋。

「あー、こういう昭和レトロな感じ好きだなあ」

珍しそうに店をのぞきながら、高知が思い出したように言った。

「そういえば、さっきの人、お父さん？」

遠召は立ち止まった。視線が無意識に尖る。

「あ、ちらっと見ただけだよ。別れ際みたいだったから声かけなかったんだ」

焦ったように言い訳され、遠召は我に返った。ささいなことに敏感に反応してしまう自分がいやだった。

「父だ」

短く答え、さっさと先を歩き出した。

「え？」

「さっきの人、俺の父親」

「ああ、やっぱりそうなんだ。なんか似てるなと思ったし」

なにげない言葉に、胸の底がひやりとする。

「そんなに似てないだろう。本当の親じゃないし」

ざわざわと波立つ水面をなだめるように、できるだけ平坦《へいたん》な調子で言った。自分はあの人ではなく、似てない兄妹だったという妹の息子なのだ。

「そうなの？」

高知は曖昧に首をかしげた。その先を聞いていいのかどうか空気を読んでいる。

「俺の本当の両親は、俺が小さいころ事故で死んだ。さっきの人は俺の母親の兄で、正確には伯父になる。引き取って育ててもらったから『義父さん』って呼んでるけど」

遠召はなんでもないことのように説明した。事実、なんでもないことなのだ。

「……そうなんだ。でも、義理のお父さんなのに仲よさそうだね」

「普通だろう」

「電話の声、かわいかったよ」

「え？」

「お父さんと電話で話してたときの遠召さん」

遠召は再び立ち止まった。

「最後に、うんって返事した声がちっちゃい子みたいでかわいかった。言うこと聞きますって感じで。普段そっけないのに、遠召さんもこういう話し方するんだなあって」

じわじわといやな染みが広がっていくようで、遠召は黙りこんだ。

ずいぶん身体も大きくなって、あの家から遠く離れたのに、本当の自分はまだ小さな子供のまま、穴の底でもがいている気がした。大人になればなるほど母に似てくる顔。なのに義父にも似ていると言われる顔。途切れない血の流れ。

——結生、待ってろよ。すぐ帰ってくる。

呪文みたいな言葉が血管を走って這い上がってくる。逃げ道を探すように顔を上げた。けれど夜空は路地の形に細長く切り取られ、広がりがない。その分、深さを感じた。まるで暗い穴の底にいるようだ。そう思った途端、すーっと視界が閉じていった。

「遠召さん！」

よろめいた遠召に、高知がすばやく手を出す。貧血だ。

「どうしたの、大丈夫？　とりあえず端っこ行こう」

高知は遠召の肩を抱き、ゆっくり道の端へ連れて行ってくれた。カラオケのもれるスナックの古い壁に遠召をもたれさせ、自分の肩を貸してくれる。

「……悪い」

「いいよ、喋《しゃべ》らないで」

肩を軽く抱かれ、素直に高知の肩に頭をあずけた。そのまま目をつぶっていると、段々と眩《め》暈《まい》が収まってくる。不思議だった。高知の身体は遠召の窪《くぼ》みに添うようにはまって、肩を抱く手の力加減、体温までが自分にとってちょうどいい目盛りで止まっている。身体の相性がいいというのは、セックスのことだけを指すのではないらしい。

「お茶かなんか買ってこようか？」

遠召は額に手を当て、軽く首を振った。

「いや、もう大丈夫だ。助かった。すぐそこだから店に行こう」

「だめだよ。顔色悪いし、今日は帰ろう。飯なんてコンビニでもいいんだから」

無骨な指で、いたわるように前髪を梳《す》いてくる。そうされるうち、なぜか早く家に帰りたくなった。家に帰って、服を脱いで、高知と手も足もからめ合って、余計なことをなにも考えないですむくらい、ぐずぐずのふぬけにされてしまいたい。

そのとき、ふいに高知が顔を寄せてきた。避ける間もなく唇が触れ合う。夜の路地裏とはいえ、酔っ払いの往来は結構多い。押し返したが、しっかりと抱きすくめられていて逃げられない。すぐそばを人が通っていく気配がする。しばらくすると唇が離れた。

「……ごめん」

申し訳なさそうに謝られた。謝るくらいならするなと思ったが、高知の様子はどこか妙だった。珍しく落ち着かなげで、遠召は目だけを動かして周囲を見た。

高知の肩越し、路地を歩いて行くふたり組の背中が見えた。すぐに大通りに出ていってしまったのでちゃんと確認できなかったが、どちらも紺の制服を着ていた。

——警官？

視線を正面に戻すと、高知と目があった。遠召がなにかに気づいたことに、高知も気づいている。空気が張りつめていく中、遠召はふっと力を抜いた。

「早く帰ろう」

「遠召さん——」

「いいから、帰ろう」

なにか言いかけた高知をさえぎり、遠召は自分から高知の首に腕を回した。高知は一瞬無防備な反応をしたあと、遠召を抱きしめ返し、肩に顔をうずめた。

「……うん」

ホッとしているような、泣きたいような、複雑な声音。抱きしめられているのにすがりつかれているような気分になり、遠召は無意識に高知の髪をなでた。

午後三時、仕事の手を休め、コーヒーを淹《い》れに台所へ顔を出すと、高知が夕飯の準備をしていた。まな板にはごろごろと大きなジャガイモやニンジンが転がっている。

「夏はやっぱりカレーだね」

遠召の視線に気づいて、高知はCMみたいなことを言った。

「久しぶりだな、家でカレーなんて食うの」

遠召はほとんど自炊をしない。作れないし、作ってもどうせ残してしまう。

「けどそれ大きすぎないか」

まな板の上、ふたつに割られたジャガイモを見て言った。

「俺の家のカレーはこうだったよ。遠召さんとこは？」

「さあ、どうだったかな」

遠召の知っている家カレーは二種類。ひとつは中くらいの大きさに切った野菜が入っていた。もうひとつははっきりとした野菜の形はなく、全てが細かく刻まれていた。

——またこれか。肉以外の具が全く見えないじゃないか。

ある日の夕飯、義父がカレーの皿を見て眉をひそめた。あれも確か夏だった。

——充《みつる》のためよ。

義母は淡々と返した。好き嫌いが多く、中でも野菜が苦手な義兄のために、義母はいつもできるかぎり野菜を細かく刻む。義父は溜息をついた。

――少し過保護なんじゃないか。カレーの野菜は大きいほうがうまいだろう。

――あなたの実家のカレーはそうなのね？

義母の冷めた目に気づかず、義父は無頓着《むとんちゃく》にうなずいた。

――ああ。子供のころから食べていたから、たまに懐かしくなるね。

――そう。でも私は、そういうのは嫌いなの。

空気がぴりぴりとしたものに変わり、子供だった遠召は緊張しながらカレーを食べた。

確かに、遠召の実の母親が作るカレーは、野菜がその形を残すように入っていた。そういうのは嫌い――。ぴしゃりとした義母の言い方。『そういうの』の中には自分や実の母親も入っているようで、遠召は食卓でうつむきがちにスプーンを使った。遠い記憶だ。

「ん、これ、かたいな」

インスタントコーヒーの蓋《ふた》に手こずっていると、高知が貸してと横から手を出してきた。大きな手が蓋をつかむ。ぽんと音がして、あんなにかたかった蓋は簡単に開いた。

「コーヒー、俺がおいしいの淹れてあげようか」

「インスタントにおいしいもなにもないだろう」

「それが違うんだな。見てて」

高知はカップにコーヒーの粉を普通よりも濃い目に入れた。少しの湯を注いで、スプーンでごりごりと練りはじめる。こうするとインスタントでも香りが立つと言う。

「金平糖の中学生と同じレベルだな」

「なにが？」

「まじないに近い」

高知はむっとし、しかしすぐふふんと苦み走った顔を作った。

「まあ、飲んでから言ってよ」

イシシとおかしな笑い方までされ、なんだかもう仕事に戻る気にならず、まじないコーヒーを持って遠召は縁側へ行った。体温が低いせいか、遠召は夏でもホットだ。日差しをさんさんと浴びながら一口飲む。結果、うまかった。なんとなくのレベルだが。

「どう？」

後ろから声をかけられた。高知は夕飯の支度を終えたようで、手に自分用のコーヒーカップと、昔からある定番クッキーの長細い箱を持っている。

「まじないよりは効果がありそうだ」

高知は満足気にうなずき、遠召の隣にあぐらをかいた。

「それ、俺の父さんの飲み方なんだよね。つきあってたときに母さんに教えて、母さんは姉さんと俺に教えてくれた。で、このコーヒーにはこれを合わせる」

話しながらクッキーの箱をやぶり、はい、と一枚くれる。遠召が子供のころからあるクッキーで、箱には外国の女の子の絵が描いてある。

「こういうレトロなの、たまに食べたくならない？」

高知がクッキーをかじり、つられて遠召もかじった。クッキーとビスケットの中間のような歯触りで、今どきの凝った菓子とは違う。素朴で、まずくはないがおいしくもない。

「たいしておいしくないし、ああこれこれって納得してあとは残すんだけど、それも含めてうちの伝統。残るんだから買ってくるなって何度母さんに言ってもだめだった」

高知は思い出し笑いを浮かべた。

「でも不思議だよね。子供のころは俺と姉さんで、もっと今風のお菓子買ってくれってぶうぶう文句言ってたのに、大人になったら親と同じことしてるんだから」

高知は指でつまんだクッキーを恨めしそうに見つめる。横から見ていると唇が少し尖っていて、会ったこともない子供時代の高知がたやすく思い浮かぶ。

「やっぱ血なのかな。家具職人になったのも親の影響だし」

高知は銀杏形に残ったクッキーを口に放りこんだ。

「うちの親は家具じゃなくて彫金のほうだけどね。ほら、指輪とかネックレスとか、貴金属を加工してアクセサリー作る仕事。小さいときから親の工房に出入りしてたから、物づくりが身近だったんじゃないかなあ。姉さんと一緒に、大きくなったら宝石屋になろうって指切りげんまんしたよ。子供だから彫金師なんて言葉知らなくて、宝石屋」

高知は楽しそうに話し続ける。

「けど中学のとき学校で木工やって、これだ！　ってなったんだ。木って触るとあったかいんだって、あのとき初めて知った。そこからはもう完全に木工に走ったよ」

「へえ……」

あいづちを打ちながら、遠召の胸に違和感が広がる。それは以前も感じたことだった。

ゴロゴロと大きな野菜のカレー。父親直伝のまじないコーヒー。母親が買ってくるレトロなクッキー。親と同じ彫金師を夢見る姉弟。指切りげんまん。七色のシャボン玉のような子供時代を経て、高知はきちんと自分の道を見出した。夢や希望という言葉がよく似合う。

——幸せ、じゃないか？

遠召は心の中で首をかしげた。特別な想像力がなくてもたやすく思い浮かぶ、平凡で、あたたかく、ゆがみのない人生。なのになぜ？　生まれたときから一粒ずつつなげてきた幸せを手放して、高知は、どうしてこんなところにいるのだろう。ふいに糸が切れ、ぱらぱらと散らばった真珠のネックレスのように、途切れてしまった幸せの輪——。

「今日、ほんとに天気いいなあ」

ふいに高知が伸びをした。サンダルをひっかけて庭へ下りていく。雑草で荒れ放題の庭を歩きながら、わっと片足を上げる。虫を見つけたようで、しゃがみこみ、バッタかなあとがさがさと雑草を手でかき分け、あっと声を上げる。

「カマキリだ。結構でかい。カマキリって鎌がかっこいいよね」

高知は熱心にカマキリを観察しながら、じゃきーんとかしゅっしゅっとか、意味不明の言葉を呟いて指でちょっかいをかけている。遠召はそれをぼんやり眺めた。

「エリ」

「んー？」

カマキリを構うのに夢中なのか、お留守な返事が返ってくる。

「お姉さんは？」

問うと、ふっと高知の動きが止まった。

「……なに？」

しゃがんだまま、のろのろとこちらを向く。その顔からは表情が抜けていた。

「お姉さんは、彫金師になったのか？」

また奇妙な間が空く。

蟬《せみ》の声が、急に大きくなった気がした。

「――――なったよ」

無表情だった顔が、くるりと裏返ったかのような笑顔になった。日向《ひなた》の匂いのする犬のような男には似合わない、ぺたりと紙を貼りつけたような白っぽい笑い方。

高知は立ち上がり、また庭をざかざかと歩きはじめた。丈の高い雑草を手でぱしっと払ったり、ドクダミの白い花をちぎって匂いをかぎ、臭いと顔をしかめて投げ捨てる。無理してはしゃいでいるような様子を眺めながら、遠召は煙草に火をつけた。

余計なことを聞いたことを後悔していた。

そして、余計な質問をしてしまった自分をおかしく思った。

自分に過去があるように、相手にも過去がある。相手のそれを聞く気もないし、自分のそれを語る気もない。今もそう思っている。なのに余計な質問をしてしまった。なぜだろう。

「ここ、盛り上がってる」

高知がヤマボウシの木の前で立ち止まった。根元をしげしげとのぞきこむ。

「なにか埋めたの?」

遠召は煙草を吸いながら目を細めた。凪の止んだ午後、白く漂白されたような光に満ちた庭で、ジリジリと蟬が羽根をこすり合わせて鳴いている。余計なことを聞いた自分に、小さな罰が与えられた気がした。聞いた分、語らなければいけないような——。

「墓だから、あんまり近寄るな」

わずかに沈黙が挟まれた。

「なんの?」

高知が不安そうに首をかしげる。

「蟬」

高知はポカンとしたあと、なんだ、と笑った。

遠召も曖昧に笑い返した。確かに埋めたのは蝉で、そこは墓だ。でも蝉の墓ではない気がする。じゃあなんの墓だろう。遠召は縁側に後ろ手をついて空を仰ぎ見た。

この古い家で夏を迎えるのも、今年で八度目になる。

蝉を埋めたのは、最初の夏のことだった。

夏がはじまるころ隣にいた男は、夏が終わるころには消えていた。

すぐ戻るからと言ったくせに男は帰らず、遠召は待ち続け、二度目の夏が来た。三度目、四度目、もう八度目。九度目を迎えるだろうか。十度目は？　いつまで続くのか、ふっと気が遠くなる。現実感が薄らぎ、遠召はまだ丈の長い煙草を縁側に落とした。

「……久しぶりに、うまくない豆腐でも食いに行くか」

しっかりと地に足のついた老人の顔が見たくなった。

「いいね。でもお孫さんとこから帰ってきてるかな。こないだ夕方前通ったらまだ閉まってたよ。ひ孫なんて恥ずかしいとか言ってたけど、あれ、絶対嘘だよなあ」

話しながら、高知がこちらにやってくる。

「空振りでもいいから、のぞきに行く？」

うなずきかけて、もう夕飯の準備がしてあることを思い出した。察したのか、カレーは二日目がおいしいよと高知が笑う。そうして楽しそうに続けた。

「今夜は豆腐でビール飲んで、帰りに花火を買おう」

「花火？」

「そう。線香花火とねずみ。飛行機もいいな。あれにつるして」

高知がヤマボウシの木を指さす。

逆光が高知の輪郭を光らせて、屈託のない笑顔を引き立てる。

遠召はぼんやりと高知を見上げた。不思議だ。どうして、この男はこんな風に笑えるんだろう。なんらかの後ろ暗い事情を抱えていそうなのに、高知からはあっけらかんとした、どこか開き直っているかのような強さを感じる。

「エリ」

逆光の影に向かって両手を伸ばした。

「なに」

かがんだ高知の焼けた首筋に、遠召は細い腕をからませた。

「しよう」

耳元に囁くと、高知はまばたきをした。

「しよう、今すぐ」

もう一度、今度は目を見て言った。高知は真顔になり、それから嬉しいような、泣きたいような、どちらにも転べそうな表情をした。それはどちらにも転ばず、ゆっくり昂揚《こうよう》へと変わっていく。腰を深く折り、遠召の額にキスをする。

「遠召さんといると、だめになりそうだ」

額にくちづけたまま言う。

「ずっと、ここにいたくなる」

——いればいいだろう。

ふいに湧き上がってきた言葉を、遠召は驚いて呑みこんだ。さっきまで影も形もなかったくせに、炭酸みたいにグラスに注いだ途端現れる泡。次から次へ、小さく無数に現れる。

「どこか行くところがあるのか」

「ある」

少し考えてから、きちんとした声音で高知は答えた。

「どこ?」

「言えない」

「いつ行く?」

「もうすぐ」

突き放された気がして、遠召は黙りこんだ。

なんだろう。おかしな感じだった。どこがどうおかしいのか、よく分からない。説明できない。今までこんな気持ちになったことはなかった。

「エリ、早く部屋に行こう」

自分を見失ったような不安に駆られ、遠召はからめた腕に力をこめた。

高知は子供のようにうなずき、遠召を強く抱きしめ返してキスをした。

縁側に膝をつき、遠召の身体を抱えて居間へ引きずっていく。窓は開けたまま、藍色のカーテンだけを閉める。お互い手早く服を脱ぎ、身体を重ねた。次々生まれる快楽で、夏の空気よりも身体が熱くなっていく。ごつごつした肩口に唇を当てると塩の味がした。高知の味だ。

たまに風が吹きこんで、藍色のカーテンが揺れる。

それを目の端に捕らえながら、だんだんと時間が飛んだようになる。

短い呼吸を紡ぐだけでいっぱいになり、快感に頭から沈められたまま天井を見上げるだけになる。目にはなにも映っていない。映っていても、それらは、ただそこにあるだけだ。

快感が深まるごとに、頭がからっぽになる。

散々ほぐされた場所をさらに押し広げて、高知が入ってくる。しばらくなじませて、ゆっくり動き出す。足裏まで熱くなる。遠召の膝裏をすくい上げ、高知が身体を倒してくる。結合が一気に深まり、望み通り、なにも考えられなくなった。


「……雨？」

鼓膜をなでる音に気がついた。行為に没頭して、すっかり世界に置き去りにされていたらしい。家全体がさらさらとした音に包まれている。夏の夕方には珍しい、優しげな雨。けだるい身体を後ろから抱かれたまま、遠召はカーテンが引かれた窓を見た。いつもは深い藍色に染められる部屋が、今は灰色に沈んでいる。

「花火、できなくなっちゃったね」

うなじに唇をつけたまま高知が呟く。

「そうだな」

ぽつんと答えた。明日でもできる、とは言わなかった。先の約束はしない。それが楽しいものならなおのこと、どんな小さなことでも、たとえ明日のことでも。

高知も、「明日しよう」とは言わなかった。

そういうところが、自分たちは似ている。

お互い人には言えない秘密を持っていて、それが他人との距離を作る。けれど高知とは遠ざける距離までが測ったように同じで、逆効果のように惹《ひ》かれ合ってしまう。

高知の肌が自分の背後のラインにぴたりとくっついている。互いの身体が鍵穴《かぎあな》のようにはまって、かちりと今にも音を立てて開いてしまいそうだ。

なんとなく怖くなって、遠召はわずかに身体をずらした。

「どうしたの？」

高知が腰を引き寄せてくる。

「……煙草」

ごまかした。すぐそこに転がっている煙草の箱に手を伸ばすと、高知は腰を抱いている手をゆるめてくれた。居心地のいい腕から這い出し、遠召はシャツだけを羽織って煙草に火をつけた。散々吸われて甘くなった舌に、煙の味が広がる。苦い味にわずかに安堵《あんど》した。

あまり心地よくなってはいけない。気持ちを揺らしてはいけない。暮らしを変化させてはいけない。藍色のカーテンの向こう、さらさらと家を包む雨音にだけ耳を澄ませた。


その電話は突然だった。

「もちろん、すぐにというわけではないんですよ。お引っ越しまでの期間も最低半年、来年の二月くらいまではお待ちしますし、新しいお引っ越し先など、できるかぎりの協力をさせていただくと家主さんからも言われています」

不動産会社の担当は腰も低く、口調も丁寧だった。遠召が借りている家の家主が高齢で亡くなり、遺産を相続した息子夫婦がこの土地を手放したがっていると言う。

「困ります」

「ええ、もちろん突然の話ですし――」

また同じ話が繰り返される。遠召も「困ります」と同じことを繰り返す。

「お家賃はそのままで、今より新しい物件をご紹介させていただきます」

「ここじゃないと困るんだ」

電話の向こうから困惑の気配が伝わってきた。それでも困る困るとそればかりを繰り返した。ここを出ていったら、あの男が帰ってきたとき分からない。遠召が約束を破ったと思って男は怒り狂うだろう。

「分かりました。家主さんと相談して、またお電話させていただきます」

そう言って不動産会社の男は電話を切った。手の中の携帯がなにか不吉なものに思えて、遠召は携帯を畳に放り投げた。また電話すると言っていた。いやだ。電話などしてくるな。

自分はここにいるのだ。ずっとここで暮らすのだ。

あの男が出ていった日から、なにひとつ変えず、変わらず。

自分がいない間に遠召が変わってしまうことなど、あの男は許さない。どんな事情があろうと、自分の所有物が勝手なことをするのは許さない。あいつはそういう男だ。

寒い冬、裸で震えながら床に這いつくばり、土下座した夜のことを思い出してぞくりと寒気が走った。自分で自分を抱きしめる。あの男の怒りにさらされると、遠召の機能は凍りついたように停止する。薄暗い部屋に立ち尽くしていると、縁側に高知が顔を出した。

「遠召さん、見て見て。かなりいいのができたよ」

暗い部屋とは対照的に、明るい庭に立つ高知の首にはタオルがかかっている。

高知は朝から犬小屋を作っていた。遠召に犬を飼う予定はない。今も、これからも。なのに猛烈になにか作りたいと言いだし、朝からホームセンターで材料を買いこんできたのだ。ずっと木に触っていなくて、手がさみしくなったのだと言っていた。

「あれ、顔色悪い？」

ぼうっと突っ立ったままの遠召を見て、高知が怪訝《けげん》そうに部屋に入ってくる。途中、部屋の隅に投げ捨てられた携帯に気づいて眉《まゆ》をひそめる。

「電話、どうしたの？」

遠召はのろのろと投げ捨てられた携帯を見た。

「……不動産屋から」

「ここ借りてるとこ？　なんて？」

「ここの土地を売りたいから、引っ越してくれって」

「急だね。いつまでに？」

思い出せない。いつまでだと言っていただろう。

「来年…とか」

うろ覚えのまま答えると、高知はまばたきをした。

「ああ、そうなんだ。それだけ時間があるなら大丈夫なんじゃないかな」

「大丈夫じゃない！」

つい大きな声が出た。高知がわずかに目を見開く。

「引っ越すの、いやなの？」

「ここじゃないと困るんだ」

短い沈黙。それから高知は、ああ、と合点《がてん》が行ったように呟いた。

「彼氏さんのこと？」

一瞬、頭がからっぽになった。彼氏さん——という言葉が、あの男からはひどく遠いものに響いたのだ。あんまり遠くて、逆に現実に立ち返ることができるほど。

「彼氏さん、この家以外に遠召さんの連絡先知らないの？」

遠召は首を横に振った。

「携帯の番号も、メールアドレスも知ってる」

知っているはずだ。八年前から変えていないのだから。

「なんだ。じゃあ大丈夫だよ。ここを訪ねてきて家がなかったら携帯に連絡くれるよ。まあ一番いいのは遠召さんが相手のも知ってることだけど」

意味が分からず、遠召は高知を見た。

「ん？　彼氏さんの連絡先だよ。遠召さんが知ってたらいいのにねって」

「知ってるけど？」

また沈黙が漂った。高知は唖然《あぜん》としている。

「え、じゃあ、なんでかけないの？　ここで待ってるより早いのに」

今度は遠召が唖然とした。

「そんなこと、できるはずないだろう」

信じられないものを見る目で高知を見た。自分からあの男に電話をかける？　そんな恐ろしいことはできない。遠召は大股《おおまた》で部屋の隅へ行き、いらいらと携帯を拾い上げた。

毛羽立つ胸の中で、可能性として考えてみる。

高知の言う通り、こちらから電話をすれば、いつ帰ってくるのだろうとびくびく怯《おび》えながら待つ恐怖から解放されるのかもしれない。けれど、じゃあ帰ると言われたらどうする。またあの男に支配される日々がはじまるのかと思うと、恐怖で叫びだしそうになる。

恐怖は、いつでも遠召の後ろで手ぐすね引いて待ち構えている。迂闊《うかつ》に振り向いて目など合ってしまわないよう、遠召は毎日、全くそんなものは知らない、気づかない、という風を装って生きている。心を揺らさないよう、迂闊に恐怖をふくらませないよう。

けれど、考えないわけにはいかなくなった。

ここを出ていくなら、どうやってそれを男に伝えよう。

伝えることで、薄氷の上に成り立っている暮らしが壊れたらどうしよう。

どうしよう。どうしよう。思考がぐるぐる回りだす。

こうなると、もうだめだ。自分でも止められない。だから普段はなるべく考えないようにしている。ぐるぐる、ぐるぐる。回転し続ける思考についていけない。目が回る。頭から血が下がる。苦しい。早く止めたい。なのに回転が速すぎて、触れようとしてもはじかれる。

手の中の携帯をじっと見ていると、ぽんと肩を叩《たた》かれた。びくりと身体を縮めて、遠召は恐る恐るそちらを見た。高知がすぐ横に立っていた。

「そんな顔、しないで」

「……そんな顔？」

ぼんやりと見つめ返す。高知はどこか痛むかのように顔をしかめた。大きな手が遠召の頬に触れ、何度かさすられた。大工仕事をしていた高知の手は乾いて、がさがさとささくれ立っている。けれどあたたかい。青い血の筋が走るあの男の手とは、全く違う。

「……エリ」

タオルのかかった高知の首に腕を回した。塩と太陽の香りがする。汗で湿った首筋に鼻先をこすりつける。違う。違う、あの男とは全てが違う。

「エリ、しよう」

ぎゅっとしがみついた。早く高知に抱かれたい。そうしたら、なにも考えなくてすむ。けれど高知はいつものように抱きしめ返してはくれない。しばらくなにか考えてから、いきなり遠召を横抱きにし、そのまま縁側へと運んでいく。

「エリ？」

「今日は犬小屋を見よう」

頑固な横顔だった。高知は遠召を抱き上げたまま素足で庭に下り、遠召を縁側に腰かけさせた。バラバラになっているサンダルを拾い、遠召の前にかがんで踵《かかと》を持ち上げる。

「自分ではける」

「いいから」

踵を強くつかまれ、強引にサンダルをはかされた。まずは右。次に左。どこかで見た光景に、胸の奥の奥で錆《さ》びついていたゼンマイがわずかに回って軋《きし》んだ音を立てた。

昔、遠召がとても小さかったころ、実の母親にこうして靴をはかせてもらった。靴の底には太いマジックで、みぎ、ひだり、と書いてあった。

——お箸《はし》を持つ手が右で、お茶碗《ちゃわん》が左よ。

小さな靴先を指でしめす。茶色のさらりとしたボブがゆれる。

——間違えてもいいのよ。焦らないで、ゆっくり考えようね。

切れそうに薄い三日月の唇は、いつも柔らかな笑みの曲線を描いていた。

今まですっかり忘れていたのに、思い出した途端に記憶は鮮やかさを増していく。

胸がつきんと疼《うず》いた。優しく教えてもらったことを自分は守れていない。考えることから逃げて、逃げて、間違えてばかり。右へ行こうとして左に。左に行こうとして右に。そんなことばかり繰り返して、こんな遠い場所まで来てしまった。もう帰り道も分からない。

「じゃ、行こう」

ぼんやりと自分の爪先を眺めていると、高知が言った。腕をつかまれ、くいと引かれた勢いで立ち上がる。なんの力もいらなかった。高知はそのまま遠召の手を引っ張って、犬小屋の前まで歩いていく。庭は明るい光に満ちている。

「ほら、なかなかのできだろ」

それはなんの変哲もない犬小屋だった。オーソドックスな三角屋根で、ペンキなどは塗られていない。木目のままなのがかえって柔らかい印象で、入り口に貼られた銀色のネームプレートがしゃれている。プレートには、今はなにも書きこまれていない。

「いつか犬を飼ったら、ここに名前を書きなね」

「飼わないと思う」

自分の先も分からないのに生き物は飼えない。

「けど前に飼ってたよね？　四畳半にペットフードがあった」

遠召は首をかしげた。ころりと記憶がこぼれ落ちてくる。

「たまに猫が来てたから、それ用だな」

でもいつの間にか来なくなった。あの年の冬は寒かった。ひどくやせていたので冬を越せなかったのかもしれない。灰色で足の先だけが白い、靴下をはいているような猫だった。

「そっか、野良用だったのか。けどまあいいや。俺が作りたかっただけだから」

高知は犬小屋の前にかがみ、木の屋根をなでた。愛しむような手つきに、遠召もなんとなく手を出した。しっとり柔らかく手に吸いついてくる木の感触。さかさまのUの字になっている入り口のカーブのラインを指で辿る。なめらかな指ざわり。そこだけでなく、角部分は全てやすりで磨かれ丸まっていた。さりげない優しさが指先に伝わってくる。

「……エリってつけるか」

深く考えずに呟いた。

「ん？」

「いつか犬を飼ったら」

「え、俺、犬レベル？」

高知は口元を尖らせ、しかし、まあいいかと溜息をついた。

「いいよ。許す。遠召さんが飼い主なら」

そう言い、笑顔を浮かべた。

「じゃあ決まり。遠召さんがいつか飼う犬の名前はエリ」

約束と小指を差し出され、はっと我に返った。

先の約束はしないはずだった。

どんな小さなことでも、たとえ明日のことでも。

恐る恐る小指を差し出すと、高知は自分のそれを力強くからめた。

約束をしてしまった。

約束をしてしまった。

取り返しのつかない失敗をしでかしてしまったように、不安が頭をもたげる。今すぐ取り消したい。でも取り消したくない。ふたつの望みが、ぐるぐる遠召の中で回転し出す。いつものように。なのに、それはいつもの苦しみを生まなかった。

からみあった小指が、子供の約束事に似た熱っぽさを伝えてくる。結んでも結んでもほどけそうに頼りなくて、自分では止めようもなく、苦くて、甘い。

——遠召さんがいつか飼う犬の名前はエリ。

けれど、その『いつか』のときに高知はいない。

ただ、高知の名前の犬がいるだけだ。


埃の積もった古書店の奥で、遠召は読みかけの本から視線を上げた。

暇つぶしの長編ミステリーだが、今日はすぐに意識が散って文字が追えない。

机に頬杖をつき、ぼんやりとセピアの店内を眺めた。

週の半分ほどの古書店の店番中、遠召は仕事らしきことはなにもしない。何万もする貴重な本もあるので、素人に触られたくないのだろう、ただ店の番をしてくれるだけでいいと言われている。客が来たら店主に電話をかけるのだが、客はめったに来ない。

——遠召さんがいつか飼う犬の名前はエリ。

昨日交わした約束がよみがえる。なんの拘束力もなく、戯れ言に近い。なのにそれは頻繁によみがえって、朝からもう何度も遠召の意識をさらっている。

それに不動産会社からの電話も気にかかる。昨日は取り乱してしまったが、一晩置くと冷静になれた。世界は遠召の事情とは別に回っている。遅かれ早かれあの家は出なくてはならないし、そうなったら男に連絡をしなければいけない。想像するとぞっとする。

——彼氏さん?

いやな場所から逃げるように、今度は意識的に高知のことを思い出した。昨日、高知の口から紡がれた言葉。彼氏さん。なんて普通っぽい響きだろう。あの男のことではないみたいで安心する。それを飴玉《あめだま》みたいに口の中で転がすうちに、気持ちが凪いでくる。

たかが言葉ひとつ。ささいな約束ひとつ。

高知はセックス以外でも遠召をふぬけにした。

椅子に深くもたれ、遠召は染みの浮いた天井を眺めた。

除湿されて乾いた空気に、濃密に混じる古紙の匂いに目をつぶる。物言わぬ知識がひっそりと眠る店内は、寿命の尽きかけた老人の胸の中のように穏やかで落ち着く。ゆり起こせば膨大《ぼうだい》な記憶が浮かび上がってくるけれど、めったに誰も手を触れようとしない。

ゆっくりと椅子を回転させた拍子、机に置いていた本が落ちた。拾おうと身をかがめ、床に積まれた新聞に目がとまった。まとめて捨てるのだろう、一ヶ月分はある。

ふと、ある光景がよぎった。

どうしてそんなことが気にかかったのだろう。以前の自分なら思い出しもしなかった。思い出したとしても、どうでもいいこととして通り過ぎたはずだ。遠召は慎重な手つきで新聞の束を上からめくっていき、ようやく目当ての日付けに辿り着いた。

抜き取ったのは、高知を初めて泊めた日の新聞だった。

あの朝、高知はなにかの記事を読んでいた。片膝を立て、床に広げた新聞をうつむいて読む姿は、窓から差しこむ朝の光に照らされて、神に懺悔《ざんげ》する罪人のようだった。

見ないほうがいい。

本能的にそう思う。見て、なにかを知ってしまっても、自分にできることなどなにもない。しかし指は灰色の薄い紙をぺらりとめくってしまう。

政治、経済、大きな犯罪、ひとつひとつ丁寧に読んでいく中、ある記事に目がとまった。それほど大きな扱いではない。小さな記事。写真もない。けれど――。

『財産分与をめぐって口論、姉の夫を刺し逃亡』

十五日午後二時頃、S市の工房で、会社員の三十代男性が、亡くなった妻の弟、高知英利容疑者と財産分与をめぐって口論となり、刃物で刺された。男性は病院に搬送され、命に別状はない。高知容疑者は現場から逃走し、S署は殺人未遂事件として捜査している。

耳に痛いほどの静けさを感じた。軽い眩暈を感じ、深く目をつぶる。しばらくそのまま頭を空にし、ゆっくりと目を開けた。広げた新聞を畳み、元の通りに片づける。

「……名前くらい変えろ」

ぽつりと呟いた。それくらいの感想しか浮かばなかった。

高知が殺人未遂事件の容疑者だと分かっても、恐怖はなかった。遠召の知っている高知英利という男と、新聞に載っている逃亡犯の間には何万光年もの隔たりがある。

財産分与をめぐって口論。ばかげていると思った。財産をめぐって争うことがばかげているのではなく、それが高知のイメージとそぐわなさすぎてばかばかしくなる。

再び机に頬杖をつき、遠召はガラス戸を通して差しこむ昼の光を眺めた。

天井まで届く書架の間の狭い通路。店の出口まではそう遠くない。

なのに迷宮のように感じる。

出口はすぐそこに見えているのに、永遠に抜け出せない。

光と影が交差する長い道のりを、頬杖をついたまま石像のようにじっと眺め続けた。時間と共に差しこむ光の角度が変わって、位置を低くした太陽が直線的に顔に当たる。

オレンジの西日に目を眇《すが》めると、赤く燃える迷宮の向こうに人影が現れた。

逆光でよく見えないが、がっしりとした肩幅や、腰から足にかけての直線的で長いラインが高知だと教えてくれる。古いガラス戸が軋みながら開けられた。

「遠召さん」

果てしなく遠く感じられた書架の迷宮を、高知はわずか五、六歩で詰め、遠召の目の前に立った。確かな足取りで、さっきの薄っぺらな新聞記事など話にならないほどの力強さで、呆《あき》れるほどくっきりとした現実感を伴って——。

「店番もう終わりだろう。迎えにきたよ」

遠召は頬杖のまま、救いの騎士のように颯爽《さっそう》と現れた男をぼんやりと見上げた。

「夕飯、おそば行こうよ。急に食べたくなって、待ちきれなかった」

遠召は口角をわずかに持ち上げた。

「なんで笑うの？」

「『お』をつけるから。女みたいだ」

「そうかな」

高知は首をかしげ、そば、と言い直した。生真面目な感じがおかしかった。

「そば食べて、そのあと豆腐屋も行こう。さっき前通ったらおじいさんいたよ。ひ孫、男の子だったんだって。名前はマオくん、聞いてないのに教えてくれた」

「店に行ったら、生まれた時間や体重何グラムまで教えられるぞ」

「アルバムも見せてやるって言ってたよ」

遠召は苦笑いで立ち上がった。

「じゃあ、そば屋と豆腐屋に行って、帰りにコンビニにでも寄るか」

店主から渡されている鍵で戸締まりをする。午後七時前。いつまでも太陽を手放さない夏の夕暮れを、ふたりで並んで歩く。太陽と月と星が一緒に出ている不思議な空の下。

「遠召さん、コンビニでなに買うの」

「花火」

ぱっと高知の顔が明るくなる。

「線香花火と、ねずみと、……なんだっけ？」

「ひこうき」

高知は嬉しそうに答えた。

高知英利　Ⅱ

朝から雨が降っていた。夏の雨は肌にまとわりついて汗に変わる。傘をさしていてもじわりと服の中まで濡れていき、高知は傘を捨てたい欲求と闘った。

子供のころ、雨降りの学校帰りにはよく傘を捨てた。わざと用水路に入り、長靴の中までびしょびしょにして母親に叱られた。じわじわ濡れるより、ざばっと濡れたほうが気持ちよかったし、楽しかった。大人になるとできないことが多くなる。

前から来た車が水たまりを軽く跳ね上げ、高知はスーパーの袋に水がかからないよう持ち上げた。中にはすいかが入っている。昨日、遠召に買ってくると約束したのだ。

——すいか、しばらく食べてないな。

昼間から抱き合ったあと、なんとなくという感じで遠召が呟いた。

——じゃあ、明日食べようか。

遠召は少し考えたあと、うなずいた。以前はしなかった約束。たかが明日までのささいなものだけれど、こんな風に一日、また一日と、遠召との暮らしが長引いて、長引くごとに遠召と離れがたくなっていく。こんな甘さに浸っている場合ではないのに。

人間関係、仕事、今まで積み上げてきたもの全てを捨てて逃げてきた。納期が迫っていたあの椅子はどうなったろう。親しかった友人は、職場の同僚たちは、自分のことをどう思っているだろう。心配しているだろうか。それとも軽蔑《けいべつ》しているだろうか。

義兄を刺して逃げた男のことを——。

このことを知ったら、遠召はどうするだろう。まともな神経なら出ていけと言うに決まっている。殺人未遂事件の逃亡犯なんて、恐ろしくてたまらないはずだ。もちろん、新聞に書かれていたことが全てではない。けれど、紛れもない事実でもある。

刺したときのことは覚えていない。それより鮮烈なのは、瞬間的に湧いた殺意の色だ。赤と黒と白の光の点滅。導火線のように連なって、ゆがみ、破裂していく怒り。

あの日のまま、あの男への怒りは薄らぎもやわらぎもしない。思い出すたび高知の中で爆発を繰り返す。先週、また取引先を装ってあの男の会社に電話した。病院を退院し、今は自宅で療養中らしい。ようやく時期がおとずれた。自分はもう一度あの男に会いにいく。

あの男が反省していたなら許し、自首しよう。

そうでなかったら今度こそ殺し、自首しよう。

これから先の自分の未来には、そのふたつしかやるべきことがない。

ポケットの中、いつも持ち歩いている指輪のことを思った。小粒のダイヤモンドに取り巻かれたエタニティリング。永遠に途切れない愛の象徴。未来をつなぐ小さな輪。

ほんの半年ほど前、高知には人並みに夢や未来への希望があった。家具職人としていつか作りたい椅子やテーブルやソファがあった。友人や同僚がいた。そして姉がいた。それらはきらきらと夏の光のように輝いて、高知の人生を美しく照らしていた。

今はもうない。全てなくしてしまった。

あの男を許すか、殺すか、道はふたつだけだ。迷いもない。だからこそ、逃げてから今日まで笑うことができたのかもしれない。決着をつけるまで自分は捕まることもできないし、崩れることもできない。地面にしっかりと根を張って、立っていなければいけない。

その決意が、遠召といるとふいに折れそうになる。

先日、不動産会社から遠召に電話がかかってきた。恋人と暮らしたあの家を出ることを、遠召は心底怯えていた。なのに、お互い連絡先を知っていると言う。訳が分からない。

一体、遠召と恋人はどんな関係なんだろう。

聞きたいけれど、自分はそこに踏みこめない。踏みこんで、遠召の抱えているものを知っても、自分にはどうしてやることもできない。なにもしてやれない。自分にはやるべきことがあって、もうすぐこの町を出ていく。

最近、遠召は少し変わった。ひんやり冷たい陶器の人形のようだった印象が、ずいぶんと血肉の通ったものになった。それが高知には嬉しかった。そんな遠召を、帰ってこない恋人との思い出と一緒にあの古い家に残していきたくない。

日ごとに柔らかくなっていく男を抱きしめながら、祈るような気持ちになる。誰か、遠召のそばにいてやってくれないだろうか。自分のような男ではなく、ずっと長く遠召の隣にいてやれる誰か。そう願う裏側で、そんなことができる男に猛烈に嫉妬する。

傘の角度を変え、高知は空から降る透明な雫を見上げた。衣服だけでなく、身体の内までしっとりと湿り気を帯びていく。それは雨のせいではないと知っている。


恋に、おちてしまったのだ。


家へ帰り、錆の浮いた朱色のポストを開けた。いつもと同じ、公共料金のお知らせとダイレクトメール。けれど今日は封書があった。飾りのない白い封筒。神経質そうな右肩上がりの男文字で宛名《あてな》が書かれてあり、そのくせ切手の位置は派手にずれている。アンバランスな印象を受ける。裏を返すと中川充《なかがわみつる》とあった。いやな予感が胸をよぎる。

居間をのぞくと、遠召はいつものように縁側で煙草を吸っていた。薄っぺらな背中をこちらに向けて、漂う煙が灰色の雨にからまって漂っている。

「ただいま」

声をかけると、ワンテンポ挟んで、ゆっくりと振り返る。その間が好きだった。おかえりとかすれた細い声。冷たげな薄い唇が、柔らかな三日月を描く。

「すいか、買ってきたよ」

スーパーの袋を持ち上げると、遠召は居間にやってきた。袋の口を開け、ふうんとのぞきこむ。変哲もない黒と緑のしましまの果実をしげしげと眺めている。

「どうやって食べる？」

問うと、遠召は怪訝な顔をした。

「切るんだろう。お前の家は丸のままかじるのか？」

「じゃなくて、シチュエーション。部屋か、縁側か。包丁で切る？　それともせっかく丸のまだし、庭ですいか割りみたいにする？」

遠召はぽかんとこちらを見てから、色々あるんだなと小さく笑った。柔らかい笑みは、冷笑よりもずっと遠召の容姿を引き立てる。見ているだけで嬉しくなった。

「じゃあ縁側で半月型のを両手で持って、わしゃわしゃ食べて、種は庭に飛ばそう。俺の家は縁側なかったから、そういうの憧れてたんだ。でも今日は雨だから明日まで待とう」

「なんで？」

「すいかは晴れた縁側のほうがおいしいから」

断言すると、遠召はそうかと納得したようにうなずいた。ビニール袋の中をのぞき、じゃあ明日とすいかをなでる。無意識なのだろうが妙にかわいい仕草だった。そしてふと気づく。明日の予定を立てたことで、また一日つなげてしまったことを。

「あ、郵便きてたよ。そこの棚に置いといた」

今思い出したように、さりげなく高知は言った。手書きの封書は、わざとダイレクトメールの下になるように置いてある。遠召は適当に返事をしただけですぐには見なかった。

そのまま忘れてしまえばいい。他のものに紛れて捨てられてしまえばいい。

しかし夕飯のあと高知が風呂から上がると、遠召は薄い背中を丸め、居間で小さく膝を抱えていた。いやな予感は当たってしまったのだ。

「遠召さん」

声をかけると、遠召はぴくりと肩を震わせた。棚に置いていた手紙が見あたらない。見回すと、ゴミ箱に捨てられていた。開封された様子はない。

「手紙、いいの?」

茶色の髪に触れてみる。遠召はうつむいたままなにも答えない。高知はゴミ箱に手紙を拾いに行こうとした。しかしシャツをつかまれた。遠召は高知を見上げ、小さく何度も首を左右に振る。

「でも、待ってたんだろう?」

この家で、ひとりで、何年も。しかし遠召は首を左右に振り続ける。細い首。そんなに振ったら人形のように折れてしまうんじゃないかとばかな不安が胸をよぎった。

「分かったよ」

高知は遠召の隣に腰を下ろした。同じように膝を抱える。

「分かったから、落ち着いて」

そっと遠召の頰に触れた。冷たげな容貌とは裏腹な、迷子の子供みたいに頼りない表情。遠召にこんな顔をさせる男にひどく腹を立て、それ以上に羨ましく思った。自分なら、遠召にこんな思いをさせない。これほど待たせたりしない。そもそもひとりにしない。

――俺が手紙の男なら。

考えることの無意味さに気づき、高知は目をつぶり、小さな頭を抱き寄せた。静かな部屋に雨の音だけが満ちる。それほど強くはないのに、たたん、たたん、とひとつひとつの雫《しずく》がはじける音がする。じっと聞いていると、雨に閉じこめられているような気持ちになった。

「よく降るね」

ぽつんと呟いた。返事はなくて、高知は途方に暮れた。

「……悪い」

しばらくして、顔を伏せたまま遠召が呟いた。

「遠召さんは悪くないよ」

そう答えて、抱き寄せていた小さな頭をなでた。茶色の髪は細くて腰がない。乾いてわずかにざらついた感触。遠召は自分を無雑作に扱うので、あちらこちらが傷んでいる。

食事もいい加減だし、調子が悪そうでも薬も飲まない。友達もおらず、楽しい遊びもあまり知らなさそうだ。いつも縁側でぼんやりしている。表情に乏しい横顔は、そこらへんにある石ころみたいだと思ったこともある。石ころにしては美しすぎるけれど——。

今さらのように、無力感をかき立てられた。

好きな人に、なにもしてあげられることがない。

それは男としてひどく惨めで、情けないことだった。

雨の音を聞いているうちに、遠召は高知にもたれたまま眠ってしまった。

高知はほっとした。眠っている間は遠召もなにも考えずにすむ。高知は眠れないまま、自分にだけひどくゆっくりになってしまった時間を耐えた。

明け方近く、雨の音がさらさらとなでるようなものに変わった。やがてそれも止み、部屋から見える低いブロック塀の向こう、東の空の下あたりにうっすらとした薔薇色《ばらいろ》が漂いだした。夜と明け方の境目に、明るく輝く星がひとつ浮かんでいる。遠くからバイクの音が聞こえた。少し走って、停まって、また走る。新聞配達だ。

高知は部屋の隅に置かれたゴミ箱に目をやった。

一晩中、そこに顔のない男が立っていた。

ぼんやりと霞《かす》んで実体がないくせに、気配だけで遠召を苦しめる。

起こさないようそっと遠召を畳に横たえ、高知は立ち上がった。ゴミ箱から封をされたままの手紙を拾い、神経質な右肩上がりの文字を見つめた。

手紙には、電話やメールにはない架空の重みがある。毎日をかろうじて生きている待ち人の気持ちを軽く押しつぶしてしまうほどの圧迫感。一体なにが綴《つづ》られてあるのか、手紙の中身には興味がない。ただ、見知らぬ遠召の恋人に心の底から頼みたくなった。

これ以上、遠召に痛い思いをさせないでほしい。

高知は手紙を手に玄関を出て、裏口へ回った。大きなゴミ箱の中に手紙を落とし、他のゴミとまとめてゴミ袋の口をしばる。それを持ってゴミ集積場へとぶらぶら向かった。回収車は何時に来るだろう。それまでに遠召が起きなければいいのだけど。

夏の夜明け、サンダルの裏が鳴らすざりざりという音だけを聞いていた。

家に戻り、高知はいつもより丁寧に朝食を作った。大根と油揚げの味噌汁《みそしる》、砂糖の入った甘めの卵焼き、焼き魚、白いごはん、つけもの。遠召は朝はコーヒーしか飲まないが、今朝は食べてほしいと頼むつもりだった。これは高知の家の決まり事だった。

――朝食はちゃんと食べなさい。特に悲しいことがあった次の朝は、いつもよりどっさり食べるの。たいがいのことは、それでなんとかなるんだから。

母親がよく言っていた。父が死んだ翌朝も、母はいつもより多くおかずを作り、高知と姉は泣きながらご飯を食べた。母が死んだあと、教えは姉が引き継いだ。その姉ももういない。自分以外、誰も覚えている人のいない家族の習慣。

味噌汁の味をみていると廊下から足音が聞こえた。遠召が起きたのだ。いつもゆったりとした遠召には似合わない、慌《あわ》ただしい駆け足の音が台所にやってくる。

「エリ！」

切羽詰まった声音。高知はおはようとのんびり振り返った。

「エリ、手紙は？」

遠召は焦った様子でガス台の前に立つ高知のところへやってきた。顔色が悪い。たった一晩で目の下にクマができている。手紙は、手紙は、と高知のシャツをつかんでくる。

「捨てたよ」

遠召の表情が固まり、高知はガスの火を切った。

「手紙は捨てた」

静かに繰り返し、高知は遠召を抱きしめた。腕の中でカタカタと遠召が震え出す。

「手紙はもうない。ゴミの車が持っていった」

腕の中の震えがひどくなる。高知は細い身体を強く抱きしめた。

「ちゃんと聞いて。手紙はもうないんだ。ゴミの車が持っていったんだ」

ばかみたいに、同じ言葉を繰り返した。震えを通り越して、ガクガクと揺れる遠召を抱きしめて、暗示みたいに言葉をつなげる。

「遠召さん、もうあきらめなよ。あきらめて、納得しなよ。何年も前に出ていって、いきなり手紙なんか寄越すような勝手な男は忘れて、もっと優しい誠実な男をさがしなよ」

遠召を諭しながら、自分のことを果てしのないばかだと思った。

恋は理屈じゃない。なにひとついいことがなくても、全てがマイナスでも、どうしても心がそこから動かない、ということがある。逆に、全てがいいのに愛せないことも。

理不尽さこそが恋の持つ力で、高知自身、今、まさにそれに捕まっている。そうして遠召に自分の言い分を押しつけている。逃亡者という自分の状況も忘れて、自分がそばにいてやれるわけでもないのに、遠召に恋を忘れろと言っている。ばかだ。愚かすぎる。

次の瞬間、すごい力で突き飛ばされた。止める間もなく、遠召はくるりと背中を向けた。廊下へ出て、裸足《はだし》のまま玄関を飛び出していく。

「遠召さん！」

追いかける高知の目に、低いブロック塀を右へ走っていく遠召が映る。遠くから唸《うな》るような機械音が聞こえている。ゴミ回収車の音だ。舌打ちをした。この地区はいつも回収が遅いのだ。表へ出ると、作業着姿の男たちからゴミ袋を奪っている遠召が見えた。

返してくれと喚いている。大事なものが入ってるからと。

もう捨てたのかと回収車のローラーに手を突っこもうとして、慌てて羽交い締めにされている。それを身体ごと振り切り、遠召は道に残っているゴミ袋に手を伸ばした。

ふくらんだところから力任せにビニールを引きちぎり、あたりにゴミが散乱した。全てがめちゃくちゃだった。昨日の雨で水たまりが残る道に裸足で座りこみ、遠召は素手でゴミを漁《あさ》っている。気だるい美しさを漂わせる普段の面影すらない。常軌を逸している。

作業員も、道を行く人も、少し離れた場所から茫然《ぼうぜん》と遠召を見ている。

高知はゆっくりと遠召に近づいた。

「遠召さん」

声をかけても、今の遠召には届かない。高知はポケットからふたつ折りにした手紙を取り出した。しゃがみこんで一心不乱にゴミを漁っている遠召の前に差し出す。

「あるよ。手紙はある。あるから……」

遠召が動きを止めた。沈黙が生まれる。一秒、二秒、のろのろと顔を上げた。

無表情に手紙をじっと見つめ、恐る恐る、という感じに手を出してくる。

高知は遠召の汚れた手に、そっと手紙をのせた。

遠召はまた手紙を見つめ、くしゃっとつぶすようににぎりしめ、そのまま、ぽとりと手を落とした。ゼンマイの切れた人形のように、うなだれて動かない。これだけの騒ぎを起こして手に入れたくせに、まるで死刑執行書を受け取ったかのような絶望的な表情だった。

そんな遠召を、高知はどうしようもない気持ちで見下ろした。

手紙を捨てようと思ったのだ。実際、一度は捨てたのだ。なのに、最後の最後でどうしても捨てられなかった。恋は理不尽だ。自分すら思い通りに動かせなくなる。

遠召を家に連れ帰り、風呂に入れた。風呂の壁は古風な水色のタイル張りで、床には紺や緑の光る石が貼ってある。ステンレスの浴槽に遠召を浸《つ》からせ、高知は浴槽の外側にしゃがみこんだ。骨の浮き出る肩にあたたかな湯をすくってかける。うつむく遠召の髪先から、ぽたぽたと雫が垂れる。湯面に広がる波紋を、遠召はじっと見つめている。

「……ごめん」

謝るしかできなかった。ステンレスの縁に情けない自分の顔が映っている。手紙の男を罵《ののし》りながら、結果的に、遠召をより苦しませてしまった身勝手な男の顔だ。うつむいていると、ぴしゃんと湯が飛んできた。顔を上げると目が合った。

「お前は悪くない」

しっかりとした声だった。

「心配させて悪かった。もう大丈夫だから」

そう言い、遠召は湯をすくった手で顔をはじいた。ぱしゃん、ぱしゃん。何度も響く音。遠召が覚悟を決めていることが伝わってきて、高知は黙って風呂場を出た。

風呂を上がってから、遠召は縁側で手紙を読んだ。

高知はその隣にいた。一緒にいてくれと頼まれたのだ。内容を見ないように、高知はずっと庭を眺めていた。しばらくすると、またかさかさと今度は手紙を畳む音がした。大きな溜息がひとつ。声はかけずにいると、遠召のほうから呟いた。

「……死ぬんだと」

隣を見ると、遠召は縁側に後ろ手をついて空を見上げていた。

「病気で、死期が近いから会いにこいだと」

高知は言葉が出なかった。すうっと風が吹いて、庭の木が葉ずれの音を立てる。ゆれる緑を眺めながら、遠召はだるそうに脇の煙草に手を伸ばして火をつけた。手紙の上にライターを重しのように置く。きちんと、風で飛ばされないように。

「嘘だろうけど」

「え？」

「病気も、死ぬのも、嘘。そういうやつだ」

よく分からない。怪訝な高知に構わず、遠召はぼんやりと煙を吐いた。昨日一日降っていた雨の気配はどこか遠くの空へ流れていき、空は眩しい青を映している。

「あいつは、なにも変わってない」

高知に話しているのではなく、独り言のようだった。

遠召はそれきり黙りこみ、二度煙を吐いてから、まだ長さの残る煙草を縁側にぽとりと落とした。そして立て膝を抱えるように顔を伏せ、ぴくりとも動かなくなった。

うつむいた遠召の細いうなじに太陽が当たっている。真夏の熱を含んで、多分、触れると熱い。なのに遠召の輪郭はひんやりと冷えていた。昨日までの柔らかさは消え失せて、また冷たく、かたくなろうとしている。

――すいかが食べたい。

唐突に思った。昨日買った黒と緑のしましま。刃物を入れれば野放図で明るい赤色が現れる真夏の果実。大きな半月形に切って、薄い赤色の透明な果汁をしたたらせて、遠召と縁側でなんてことない話をしながらかじって、種を飛ばしあいたい。

遠召は少しだけあたたかくなるかもしれない。

「すいか、食べようか」

声をかけたが、やはりなんの反応もない。さらさらと葉ずれの音がするだけ。

こいつ、なにを言ってるんだと思われただろうか。

それとも、声すら届かなかっただろうか。

自分の無力さを痛感する。悲しい気持ちで黙っていると、立てた膝を抱えたまま、遠召がゆっくりと顔だけこちらに向けた。ぼんやりしていて、目が少し濡れている。

「……すいか？」

またあの顔だった。子供みたいに澄んで、頼りない、高知を胸苦しくさせる表情。

「うん」

高知はうなずいた。

「今日は暑いから、すいかがおいしいよ。種も飛ばそう」

笑顔を作る。遠召はぼうっとこちらを見たままなにも答えない。辛抱強く待っていると、遠召が笑った。かすかだったが、それでも笑ってくれた。

たかが笑顔ひとつ。それだけで、高知の中に抑えきれない喜びが湧いてくる。

このまま遠召をさらってどこかへ行きたいと思ってしまう。

でも、飛び出せる場所なんてどこにもない。

飛び出してきた果てが、ここなのだ。

遠召結生　Ⅲ

——すいか、食べようか。

どんどん体温が下がっていき、生きたまま死んでいくような錯覚に陥っていたとき、高知《たかち》が言った。なにを言われているのか、最初は分からなかった。

——今日は暑いから、すいかがおいしいよ。種も飛ばそう。

場にそぐわないのんびりとした笑顔が、得体の知れない黒いものに足をつかまれ、ずぶずぶと沈んでいくしかない遠召《とおめ》をふわりと下から押し上げてくれた。

暗い海の底から、ゆっくり水面に持ち上げられていくような感覚。ぷかりと顔を出すと、そこは真夏の光と緑があふれる縁側で、我に返って不思議な気持ちになった。こんな天気のいい縁側で凍え死にしかけていたなんて、ばかみたいで泣きそうになった。

太陽が似合う男につられ、遠召も笑うことができた。笑うと少し気が楽になる。強制的に、けれど少しも痛くないやり方で、高知は自分をリセットしてくれた。柔らかな木綿にくるまれているような安心感。これがあれば、こわいところへも行ける気がする。

「……会いに行くから、つきあってくれるか」

信じられない言葉が口からこぼれた。

あの男との関係に誰か他人を挟むなど、今まで考えたこともなかった。

けれど高知は間を置かずにうなずいた。

「うん、一緒に行こう」

肩を抱き寄せてくる高知の手は大きく、工具を扱う職人らしく手のひらに厚みがあり、薄っぺらな遠召の肩をしっかりと包みこんだ。


その日の午後、高知とふたりで列車に乗った。下手に時間を置いたら、また恐怖がふくらむだけだと分かっていた。あの男が暮らす、そして遠召が十二年間暮らした町行きの列車。

「手紙の人。充《みつる》さんて、どんな人？」

四人がけのシートに向かい合って座り、高知がたずねる。今日の高知は、駅前の雑貨屋で買った安い伊達眼鏡《だてめがね》をかけている。理由は聞かなかった。結構な距離を移動するので、殺人未遂事件の逃亡犯として用心をしているのだろう。しかし似合わない。

「嘘《うそ》。言いたくないなら、言わなくていいよ」

高知が言い添える。遠召は笑って首を振った。

「兄だ」

たった一言ですむ説明。沈黙が落ちた。

「……え？」

高知はまばたきを繰り返す。

「お兄さん？」

遠召は浅くうなずいた。

「俺がずっと待っているのは、兄だ」

はっきり言うと、高知の顔が強張《こわば》った。遠召は苦々しい笑みを浮かべた。今まで誰にも打ち明けられなかった秘密を、どうして今、こんなにあっさり口にしてしまったのか。

列車の走る音だけが、二人でいる空間を支配している。

高知がポケットに手を入れた。取り出したのはミントタブレット。小さな箱を開け、もっと小さな白い粒を大きな手のひらにふたつ落とす。

「話せそうなら、話してよ。遠召さんとお兄さんのこと」

言いながら、ミントの菓子を遠召にも差し出してくる。受け取り、口の中に入れると鼻の奥まで清々《すがすが》しく鮮烈な風味が広がった。小さなリセット。

「……俺と充のことか」

遠召は目の焦点を意識的にゆるませた。視界が二重にぼやける。

自分と充のこと。それを話そうとするなら、自分の両親のこと、義父のこと、義母のことにも触れなくてはならない。それらは遠召の生きていた時間全てでもある。

流れた時間、起こったいくつもの出来事。それらは怖いほどに濃く、膨大で、軽く触れるだけで遠召をひどい回転の中に巻きこみ、混乱させる。

ぐるぐる、ぐるぐる。回転する真っ暗な穴の底。引きずりこまれないためには、ただ死んだように日々を流していくしかない。けれど、いつもは恐怖でしかないそれらに、今なら触れられそうな気がする。きっと、高知がそばにいるおかげだ。

くっきりと力強く現実に輪郭線を結ぶ高知のおかげで、必要以上に過去に引きずり戻されることもなく、記憶や言葉に手を伸ばせる。恐る恐るでも、ゆっくりでも——。


小学校に上がる予定の年の三月、両親が事故で亡くなり、遠召は母の兄である伯父の家に引き取られることになった。

両親が生きていたころから、伯父とはよく会っていた。けれど不思議なことに、伯父と会うときはいつも母と遠召の三人で、伯父の家族や遠召の父はいなかった。

三ヶ月に一度くらいのペースで、会うときはいつも外。動物園や遊園地、母親手作りの弁当を持って三人で公園でピクニックをしたこともあった。

——結生《ゆい》、今日のことはお父さんには内緒よ。約束ね。

幼い遠召に、母親はいつもそう念を押した。理由も分からないままうなずくと、母親は少し悲しそうにごめんねと謝った。約束を守ると言っているのに、どうしてそんな顔をするんだろう。その理由を遠召が知るのは、もっとずっと成長してからだ。

「はじめまして、結生くん。これからここを自分の家だと思ってね」

初めて会った伯母はきれいな人で、遠召は、はい、と素直にうなずいた。

死んでしまった父と母。育った土地からの引っ越し。見慣れない伯父の家。初めて会う伯母と、遠召より五つ上だという充という子供。客観的に見れば心細いばかりの状況だが、幼すぎて、自分に起きた不幸をきちんと認識できていなかったことだけが救いだった。

「分からないことがあったら、なんでも聞いていいよ」

充とも挨拶《あいさつ》をした。充は小学生とは思えないほど落ち着いた、賢そうな顔をしていた。ひとりっ子の遠召は兄ができたようで嬉しくて、赤い顔でこくりとうなずいた。

「小学生になったら、勉強をおしえてください」

緊張しながら挨拶をすると、伯母がそれはいいわねとほほえんだ。

「充は学年で一番お勉強ができるのよ。塾ではもう中学のお勉強をしてるの」

伯母は誇らしげに我が子の頭をなでた。

「じゃあそろそろ上に行こうか。二階に結生のお部屋があるよ」

そう言い、義父が遠召を抱き上げた。遠召はわあと声を上げた。

「おじさん、すごい高い」

「結生、おじさんじゃなくて『おとうさん』だろう」

中川《なかがわ》の家に引き取られても、戸籍はそのままで、実の父の名字である遠召を名乗ることになっていた。その代わり、ひとつ屋根の下に暮らすのだから、これから伯父と伯母のことは「おとうさん」「おかあさん」、充を「おにいちゃん」と呼ぶように言われていたのだ。

「はい、おとうさん」

そう呼びかけると、義父はとても嬉しそうに笑い、いい子だなと遠召に頬《ほお》ずりをした。うっすらと伸びているひげが頬にあたり、遠召ははしゃぎながら振り返った。

「おかあさん、おとうさんのひげ痛い」

伯母と目が合った瞬間、遠召はびくっと身体を硬くした。鋭く尖《とが》ったナイフみたいな、幼い遠召が見たことのない冷たい目だった。伯母はさりげなく目を逸《そ》らした。

「さあ充、そろそろ塾の時間よ。車で送ってあげるわ」

義母はにっこりとほほえみ、充の背中に手を当ててリビングを出ていった。

新しい家が楽しかったのは最初だけで、遠召はほどなく違和感を覚えた。

義父が、実の子である充よりも遠召をかわいがるのだ。

会社から帰宅すると、義父はまず遠召に声をかける。抱き上げて、今日は学校でなにをしたかを聞いてくる。それを見て義母は眉《まゆ》をひそめる。充はむっと黙りこむ。

三者三様の反応の中で、日を追うごとに家の中の空気は悪くなっていき、遠召だけが右往左往した。どうしたらいいだろう。幼い頭で懸命に考え、そのうち遠召は、かわいがってくれる義父は後回しに、義母と充の機嫌を損ねないよう心を砕くようになった。

ふたりに好かれたくて、まずは勉強をがんばった。テストはほとんど百点に近く、運動はがんばらなくても得意だった。そのたび義父は大げさなほど褒めてくれるし、充も、弟がばかだと恥ずかしいから助かる、と上からだったけれど褒めてくれる。

けれど義母だけは、ますます態度を冷たくしていく。

「すごいわ、結生はとてもできがいいのね」

口では褒めてくれるのに、笑顔は作ったように冷たいものだった。そばに行っても気づかないふりをされたり、おかあさんとまとわりついても今忙しいのと構ってくれない。

どうしていいか分からず、一度、わざとひどい点数を取ったことがある。四十八点。自分のせいなのにどうしても義母には見せられず、ランドセルにかくしていたのに充に見つかった。返してと言ったのに、充はたまにはいいじゃないかとおもしろがって、それを義母のいる台所へ持っていった。怒られると思ったのに、義母はまあと笑った。

「困ったわね。充は一度もこんな点を取ったことはないわよ」

楽しそうに笑い、仕方ないわねと遠召にそれを返した。そして、今夜は結生の好きなクリームシチューよ、と頭までなでてくれた。久しぶりに与えられた優しい手と笑顔に、小さな遠召は踊り出したいくらい幸せな気持ちになった。

悪い点を取り、それをかくすなんて卑怯《ひきょう》なことをしたのに、どうして怒られないのだろう。遠召にはさっぱり分からなかったが、義母の機嫌がよければなんでもいい。

その夜、義母はずっと上機嫌で、帰宅した義父にまで、ずっと答案用紙をかくしてたのよとおかしそうに報告した。しかし――。

「そうか、俺も昔テストをかくしたことがあるよ。結生は俺に似てるんだな」

義父がそう言った途端、義母の顔からそれまでの上機嫌は消え失せた。

「それより充はどうなんだ。学年で五十番以内にすら入らないんだろう」

続く義父の言葉に、義母は瞬時に顔を強張らせた。

小・中とずっと学年トップだった充だが、高校に進んでからがくんと成績が落ちていた。充が落ちたというより、周りが上がったのだ。県内中から秀才が集まってくる進学校では、充はごく普通のできの生徒でしかなかった。

「環境が変わって、まだ本来の調子が出ないのよ。担任も二十代の若い女性だし。それにしても、あなたは少し結生を甘やかしすぎだわ。少しは充のことも考えてやって」

空気が険悪になる。居づらくなって遠召がこそっとリビングから出ていくと、暗い廊下に充が立っていた。話を聞いていたのか、表情のない顔は幽霊のように青白い。

「……おにいちゃん?」

恐る恐る声をかけると、充はなにも言わず遠召の手を引き、二階の自分の部屋に連れて行った。ベッドに引きこまれ、ぎゅうっと強く抱きしめられた。

「い、痛い、おにいちゃん」

訴えても放してもらえず、耳の外側のカーブしているところをかまれた。薄い肉をがりがりと歯でこすり合わされ、あまりの痛みに短い悲鳴が飛び出した。泣き出してしまった遠召を見て、充はやっとかむのを止めてくれた。けれど怒った顔で遠召に向かい合う。

「謝れ」

遠召はポカンとした。自分は悪いことはしていない。しかし充の顔が怖かったのでとにかく謝った。充は満足したようにうなずき、じゃあ許してやる、と尊大に笑った。

そのとき、幼い遠召にもようやくうっすら理解できた。

自分は、充より上に立ってはいけないのだ。

その日を境に、遠召は勉強をしなくなった。分かる問題でもわざと間違え、運動も手を抜いた。計算して間抜けを装った。それを不本意だとも思わなかった。

充が笑ってくれる。義母が優しく頭をなでてくれる。そんなことが小学生の遠召には大事だったのだ。少ししか家にいない義父より、生活のほとんどの部分でかかわる義母と充にかわいがられること。それこそが子供には重要で、価値観の全てだった。

劣等生になればなるほど、義母は優しくしてくれた。義母を好きかどうか問われればノーだけれど、子供には愛情が必要だ。たとえまがいものであったとしても。

充のことは好きだった。毎日宿題をみてくれるし、土曜や日曜のほとんどを遠召と過ごしてくれる。言い換えると、充には休日に遊ぶような友人はおらず、遠召が友人と遊ぶことも許してくれなかった。不満はなかった。それよりも仲のいい兄弟という事実が大事だった。

「結生はかわいい。クラスの生意気な女子よりもずっとかわいいよ」

機嫌がいいとき、充はそんなことを言った。

「俺、かわいいより、かっこいいがいい」

遠召は異を唱えた。もちろん、弟という立場を意識した従順な声で。

「口答えは禁止だ。結生は弟なんだから、兄の俺に逆らう権利はないんだ。いつでも『はい』って言え。そうしたら、俺が結生を世の中の連中から守ってやる」

「世の中の連中？」

「頭の悪い、サルみたいなやつらのことだ。無知なんだ」

さげすむような口調。充の言葉は、たまに難しくて分からないときがある。

良好だった関係にヒビが入ったのは、遠召が小五に上がった春だった。

充が塾に行っている間、どうしても鳥の図鑑が見たくてこっそり充の部屋に入った。勝手に部屋に入ると充はひどく怒る。けれど、帰ってくるまでにこっそり戻しておけばいい。そんな言い訳をして入った部屋で、遠召は妙なものを見つけた。

図鑑を取り出したとき一緒に落ちた一冊のノート。奥にかくすようにしてあったそれをなにげなく開き、遠召は目を瞠《みは》った。死ね死ね死ね死ね死ねと一面に書かれた紙面。神経質な右肩上りの文字は充のもので、合間には誰かの名前があってぞっとした。

充は学校でいじめられているのだろうか。あとで分かったことだが、あのノートに名前を書かれていた人間は、単に充よりも成績がよかったクラスメイトたちだった。自分が劣っていることを認められないがゆえの逆恨み、八つ当たり。充はそういう人間だった。

当時はそんなことまで分からず、ただ、ノートから立ち上ってくるまがまがしさに圧倒された。ノートを手に固まっていると、いきなりドアが開いて充が現れた。

驚いたのは、向こうも同じだったようだ。

「……なにしてるんだ」

問われ、遠召の心臓はうるさいくらいに早鐘を打った。

「ご、ごめんなさい。俺、図鑑が見たくて……」

充は無表情にこちらへやってきて、遠召からノートを取り上げた。元の場所に戻し、忘れて行ったのだろう、机の上の参考書を手にさっさと出ていこうとする。おにいちゃんと声をかけたが無視された。充の横顔は見たこともないほど冷たかった。

塾から帰ってきても、充は遠召と話をしてくれなかった。それどころか目も合わせてくれない。嫌われたのだと思うと遠召はひどい不安に陥り、夜になってみんなが寝静まってから充の部屋を訪ねた。充は勉強をしていて起きていた。

「……おにいちゃん、昼間、勝手に部屋に入ってごめんなさい」

充は机に向かったまま、振り向いてくれない。小さな声で何度も謝るうち、涙が出てきた。充に嫌われたら、充を溺愛《できあい》している義母はもっと自分を嫌うだろう。そんなことになったらどうしよう。家にいない義父など頼りにならない。逆に義父に頼れば余計にふたりに嫌われてしまう。子供ながらに、それだけは分かっていた。

「もっと、ちゃんと謝れ」

唐突に充が言った。椅子《いす》ごとくるりと振り返り、足を組んで遠召を見つめる。

「……ちゃんと？」

「服を脱いで、土下座しろ」

意味が分からなかった。言いつけをやぶったのだから土下座は分かる。でもどうして服を脱がなくちゃいけないんだろう。目に涙をためてぼうっと立っていると、充はいらついた。

「できないなら出ていけ」

びくっとした。今出ていったら、もう充は許してくれない気がする。遠召は急いでパジャマのボタンに指をかけた。上着を脱ぐと、ズボンと下着もと言われた。恥ずかしいけれど、言うことを聞くしかない。のろのろと全裸になった。

「よし、じゃあそこで土下座しろ」

冷たい言葉、冷たい目。また涙が目の縁に盛り上がる。遠召は泣きながら床に手をついた。頭を下げて、ごめんなさいと言った。ぽたりと涙が床にこぼれた。

「それじゃ足りない。おでこをちゃんと床につけろ」

容赦のない口調に、だんだん自分ではなにも考えられなくなっていく。遠召は言われた通りにおでこを床にくっつけた。二月の深夜で、フローリングの床は冷たかった。手も、額も、足も凍えそうで、それ以上に惨めで、涙と洟水《はなみず》がぽたぽたと床に垂れる。泣きながらごめんなさいと繰り返すうち、充が椅子を下りてそばにやってきた。

「よし、もうするんじゃないぞ」

片膝でかがみ、遠召の頭を犬にでもするように「よしよし」となでる。屈辱はなかった。それより許されたことが嬉しくて、「はい」と素直にうなずいた。

おいでと手を引かれ、裸のままベッドに連れて行かれた。寝るように言われて布団をめくると、布団の上にと言われる。寒くて早くパジャマを着たかったが、その通りにした。

「じゃあ、これから結生に罰を与える」

えっと思った。許されたと思ったのにまだ？　寒さと相まって身体が震えた。涼やかでお母さんにそっくりだと義父が褒めてくれる目をいっぱいに見開いて充を見つめた。

「こっちを見るな。目はつぶっておけ」

遠召は震えながら目をつぶった。ぶたれるのかとびくびくしていると、ふいに乳首に触れられて大きく身体が跳ねた。痛いことはされていない。そんな場所を触られると思っていなかったので驚いたのだ。じっとしていろと言われて、奥歯をかんだ。

指先で押しつぶすようにこねられる。先をひねるようにされたときは少し痛かった。両方に同じようなことをしたあと、充の手は下へと伸びていく。足を広げろと言われ、恥ずかしさにためらっていると、癇癪《かんしゃく》のように太ももをひっぱたかれた。

「俺の言うことが聞けないのか」

遠召は急いで足を開いた。裸でこんな格好をしたことがないので、あちこちすうすうする。怖い。心細い。今すぐ大声で誰かを呼びたい。でも誰を？　義父や義母はだめだ。意味は分からなくても、この状況が普通ではないことは分かる。見られたら取り返しがつかなくなる。

じゃあ本当のお父さんとお母さん。無理だ。ふたりは死んでしまった。

その瞬間、ぞっとした。

この世に自分が頼れる人など誰もいないのだと、遠召はこのとき初めて思い知った。どうしてこんなことに今まで気づかなかったんだろう。すうっと頭の芯《しん》まで冷えていく。

ぎゅっと布団をつかんで、恥ずかしさをこらえた。幼い性器に充の手が触れる。ひっぱったり、こね回したり、そのうちそこがむずむずしてきた。

「なんだ、腰なんかゆらして。いやらしいやつだな」

かっと頬が熱くなった。いやらしいという言葉と見下げた口調に傷ついた。鼻の奥が痛くなって、遠召はついに我慢できずにしゃくりあげた。呼吸ごと裏返して泣いていると、額にあたたかな息がかかった。ちゅっと音がするようにくちづけられる。

「かわいい結生、泣いちゃだめだ」

今夜、初めて聞く兄の優しい声だった。遠召は恐る恐る目を開けた。

「安心しろ。結生が悪い子でも、おにいちゃんは結生を見捨てたりしないぞ」

慈しむように頭をなでられる。優しさが、恐怖に凍えた全身にじわりと沁《し》みていく。

「……ほんと?」

「本当だ。だからこれからも絶対におにいちゃんの言うことを聞くんだ。今夜のことは誰にも言うな。約束を守れたら、おにいちゃんが結生を守ってやる」

——じゃあ、約束をやぶったら?

また今夜のようなことをされるのか。そう考えたら怖くてまた涙が出てきた。

「誰にも言わない。おにいちゃんの言うことをきく」

「誓えるか? 誓いをやぶったらどうなるか——」

言いながら、充が手を伸ばしてきた。思わず身体がすくむ。充は寒さに尖っている遠召の胸の先をつまみ、力任せにひねりあげた。悲鳴が飛び出しそうな痛みをこらえる。

「ち…、誓う。約束はやぶらない。一生おにいちゃんの言うことを聞く」

途切れ途切れ、涙をこぼしながら誓った。誓いながら、これで助かると思った。

誰よりも充が怖い。充を怒らせたくない。

自分には頼れる人が誰もいない。

だから充に守ってもらわなくてはいけない。

自分には充しかいない。

メビウスの輪のように、思考が奇妙によじれて裏返る。どうしてそうなるのかきちんと考えることもしないまま、脳に、身体に、ゆがんだ認識が刻印のように焼きつけられる。疑問を挟む余地もなく、あらゆる知識も足りないまま、その夜、遠召の小さな世界に充が君臨した。


その夜を境に、充と遠召の関係は変わった。家族がいるところでは、充はほとんど遠召と話をしない。けれど、そのころから充は両親とも話をしないようになっていたので、特に不審がられたりはしなかった。代わりに、真夜中の呼び出しが日ごとに増えていった。

両親が寝静まった真夜中、遠召はこっそりと充の部屋を訪ねる。

なにも言われずとも、自分から服を脱ぐのが当たり前になっていた。手順を乱すと充はひどく怒る。けれどベッドの中では別人のように優しい。

髪をなでてくれたり、かわいいと囁《ささや》きながらキスをしてくる。最初は手だけで触れていた胸に、充は口で吸いつくようになった。乳首を口に含みながら、反対の手でもう片方をいじるのが好きなのだ。まるで大きな赤ん坊のようで、遠召は気味悪さを我慢した。

行為はどんどんエスカレートしていく。胸はもちろん、性器へも。初めての射精は充の手によってもたらされた。知識の乏しかった遠召は驚き、羞恥《しゅうち》に泣きじゃくった。これは普通のことなんだと充に言われても、なんともいえない嫌悪感、罪悪感にさいなまれた。

これはいけないことなんじゃないか、という自覚がうすうすあったのだ。

けれど誰かに優しくされたい渇望、充への恐怖と依存、強制的に与えられる快感のほうが不安を上回っていた。抗《あらが》えないまま、充との関係はどんどん深みにはまっていく。

すこやかに成長していく身体と、知らずに不健全に染まっていく心。

足並みの揃《そろ》わないふたつの間で、遠召はどんどんバランスを崩していった。中学に上がってから、自分たちがしていることの異常さと重大さをようやく本当の意味で理解したが、そのころにはもう充との仲は共犯めいたものに変化していた。

「こうなったのは、全部結生のせいだ」

「結生がいやらしい悪い子供だから、俺までこうなったんだ」

「その証拠に、結生の身体は気持ちいいことをされて悦《よろこ》んでるだろう」

「本当にいやだったら、なにをされてもいかないはずだ」

自分の後ろめたさをごまかすために、充はわざわざ遠召が達するときを選んで、そんな言葉を囁いた。強烈な快感と一緒に脳に焼きつく暗示に、自分がひどく汚らしい人間のような気がした。悪いのは、本当に自分なのかもしれないと――。

さすがに最後の一線までは越えなかったが、後ろ暗い快楽を積み重ねて、ふたりの関係はどんどんねじれをきつくし、からみあい、結びつきはますます強くなっていく。

当然、遠召には心からうちとけられる友人はいなかった。下手に仲良くなって、自分たちの秘密が暴かれることのほうに怯《おび》え、孤独感はそのまま充への依存に変わっていく。

充のほうも、学年で下から数えるほうが早いほどの成績になっていて、高校も休みがちになっていた。義母は次から次に家庭教師を探してくるが、それでも成績は追いつかず、実を結ばない努力に充は家庭内でも立場を保てなくなっていく。

勉強についていけなくてどうしてもつらいなら、学校を転校すればいい。義父なりに息子を心配して言った言葉は義母を激高させ、夫婦仲も日増しに険悪になっていく。

悪循環という名の森の奥で、枯れた木の陰から黒い手が手招きしているような不安感。このまま先に進んでもろくなことにならない。それでも行くしかない。刑場に引き出される罪人のように重い足取りで遠召は成長していき、ついにあの夜が来た。

遠召が中学二年、充が大学受験に失敗した夜のことだった。

励ましと慰めの言葉で充を腫《は》れ物扱いする義母。人生には失敗もあると通り一遍の言葉で流そうとする義父。全てにいらだつ充。ひたすら身を縮める遠召。一言でも口を開いたら地雷を踏んでしまいそうな緊張感が漂う家の中で、充から真夜中の呼び出しがかかった。

いやなことがあった日、充はねちねちと陰湿でしつこくなる。

予想通り、その夜の行為はしつこかった。遠召が達しそうになるとさっと手を引き、じらされる。散々恥ずかしい言葉で辱《はずかし》められ、ようやく与えられる屈辱的な快感。

やっと終わったと、遠召はぐったりと目をつぶった。けれど、いつもならそこで終わるはずの行為に続きがあった。最後の一線を、充が越えようとしてきたのだ。

「や、やだ、止め……っ」

開かされた足の間に、猛《たけ》った性器があてがわれている。のしかかられたまま、必死で挿入だけは避けようと身体をよじったが、充の一言で身体が動かなくなった。

「誓いをやぶるのか？」

それで決まりだった。身体は大きくなっても、充のたった一言で、心が裸で土下座させられた夜に戻ってしまう。ごめんなさいと泣きながら許しを乞うしかできなくなる。

「ごめんなさい、ごめ……でも、いやだ、それはいやだ」

ひとつ屋根の下、従兄弟とはいえ、表向きは兄と呼んでいる男と性的な関係を持っていることだけでも耐えがたいのに、それをさらに深く身体をつなぐなんて考えるのも恐ろしい。涙をこぼしながら許してほしいと懇願する遠召を、充は薄ら笑いで見下ろした。

「今さらなにが怖いんだ。動物以下の、汚らしい生き物のくせに」

「…………?」

「結生は、生まれてきたらいけない子供だったんだ」

充はなにを言ってるんだろう。意味が分からない。遠召は震えながら充を見つめた。遠召の視線を受け止め、充がにたりと笑う。悪魔はこういう顔をしているのだと思った。

「結生の本当の父親は、俺の父さんなんだ」

「…………え?」

「よく聞けよ。結生は、実の兄と妹の間にできた子供なんだ。結生は生まれたときから『罪の子』なんだ。母さんが言ってた。実の兄妹でいやらしいことをして、それをかくすために別の人と結婚したんだって。結生は汚らわしいケダモノ以下だって」

真冬の湖に張った薄い氷を、パリンと踏み割ったような気分だった。

兄と妹が愛し合って生まれた子供?　自分が?

信じられない一方で、すとんと腑《ふ》に落ちる事柄がいくつもあった。

お父さんには内緒だと言われて、義父と母とで行った遊園地、動物園。だから、義父はあれほど遠召をかわいがってくれたんだろうか。だから、義母はあれほど遠召に冷たく当たったんだろうか。だとすると、充と自分は従兄弟ではなく異母兄弟ということになる。血のつながった実の兄弟。罪悪感がぐんと深まる。ケダモノ以下。罪の子。汚らわしい――。

「だから、今さら気にすることないよ」

硬直している遠召の足を大きく開き、充は自身の高ぶりを押し当てた。ぐっと腰を進めてくる。すさまじい痛みに我に返ったが、侵入は止まない。ぶわりと涙があふれる。

「い、いた……、ひっ、あ」

「静かにしろ。母さんたちが起きてくる」

遠召はびくりと口を閉じた。実の兄と交わろうとしている。こんな姿を誰にも見られたくない。なのに痛くて、痛くて、どれだけ歯を食いしばっても、ひっ、ひっ、と短い悲鳴のような声がもれてしまう。意志では止められない。充は面倒そうに遠召の手を取った。

「自分でふさいでおけ」

冷たく言い捨て、遠召の両手を遠召自身の口に押しつけた。

「大丈夫。しばらくの辛抱だ。すぐに気持ちよくしてやる。今まで、さんざん指で慣らしてやってただろう？　尻の中に指をつっこまれて、結生は何度もいっただろう？」

話しながら、充が遠召の中に性器を埋めこんでいく。

「――……ほら、全部入った」

充は息を弾ませながら笑い、なじませもせず、すぐに腰をつかいはじめた。

「結生、気持ちいい？」

下卑た問いかけも耳に入らない。抽挿のたびに内臓を押しつぶされ、腹の底からえづきがこみ上げてくる。誰か助けて。誰か。誰か。しばらくすると、ふいに充が動きを止めた。涙でにじんだ視界の向こう、機嫌の悪い顔が見える。

「なんで勃《た》たないんだ」

痛みとショックで萎《な》えたままの遠召の性器を見おろし、充が舌打ちをする。けれど遠召にはそれが救いだった。実の兄との行為でなど感じない。自分は人間だ。まだ人間だ。

「自分で勃たせろ」

「………な、に?」

充はなにを言ってるんだろう。遠召は大きく目を見開く。そのまま動かない遠召の手を、充はいらいらと取った。それを股間にもっていき、遠召自身の性器をにぎらせた。

「自分でこすれ」

ひどい要求だった。遠召は泣きながら首を横に振った。いやだ。そんな浅ましい、みっともないことはできない。絶対したくない。しかし充は容赦なかった。

「じゃあ、今すぐ大声を出して母さんたちを起こそうか?」

「……っ! や、やだ」

「じゃあ、やれ」

氷のような目で見下ろされ、胸に絶望が広がった。自分に逃れる術はない。

涙で呼吸を引きつらせながら、遠召はのろのろと手を動かした。ちっとも気持ちよくなどない。涙があとからあとからこぼれ落ちる。途中、頬を打たれた。ちゃんとやれと命令された。従うしかなかった。

屈辱的な自慰を続けるうち、性器が微妙に芯を持ち出した。嘘だと叫びたかった。こんなのは違う。止めたいのに、少しでも速度をゆるめると平手打ちを喰《く》らった。

「よし、勃ってきたな。そのまま続けてろ」

半分ほど勃起してしまった遠召にそう言い、充も再び腰をつかいだした。最初の圧迫感はなく、自慰の刺激とあいまって、徐々に腰全体に熱がこもりだす。不意打ちのように下肢が疼《うず》くのがたまらなかった。血のつながった兄との行為は、快楽の形をした拷問《ごうもん》だ。

「ここも気持ちいいところだよな」

乳首をこねられ、思わず声がもれそうになって歯を食いしばった。何年も、散々不本意な愛《あい》撫《ぶ》を受け続けてきた身体が、確実に気持ちを裏切っていく。充が薄ら笑いを浮かべた。

「結生はやっぱりいやらしいな。ほら、いいって言ってみろ、言えよ」

だんだんとゆれが激しくなってくる。自慰を強制され、無理矢理足を開かされ、実の兄の性器で尻を犯されている。なのに身体は感じている。そこに自分の意思はない。

いやだ。止めて。怖い。誰か助けて。神さま。心の中で乞うても、激しい抜き差しに強制的に身体は高みに持ち上げられていく。いやだ。いやだ。いやだ。嫌悪感と罪悪感と恐怖と快感が一番高い場所で交わったとき、身体の中心で熱がはじけた。

「……ほら、いった」

充は動きを止め、呼吸を乱しながらおかしそうに笑った。足の間では、遠召の性器がひくつきながら精液を吐き出している。

「いやがってたくせに、結局、いった」

くっくっと肩をゆらし、一緒に腰もゆらす。充はまだ達していない。

「血のつながった兄弟でのセックスでいけるなんて結生は最低だ。人間以下だ」

充は遠召の腹の上にまき散らされた精液を手のひらで塗り広げた。それを遠召の顔になすりつける。ぬるぬるした感触。自失している遠召の頬に、唇に。

「……お、俺だけじゃ…ない。お、おにいちゃ、も……」

途切れ途切れに訴えた。自分だけが最低じゃない。同じ行為をしたのだから、充だって最低だ。ひとりだけ地獄に突き落とされるのはいやだ。しかし充は首をかしげた。

「おにいちゃんも？　俺が結生と同じだって言いたいのか？」

遠召は涙のにじんだ目でこくこくとうなずいた。ひとりにしないで。お願いだから。怖いところに置き去りにしないで。一緒にいて。怖いから一緒にいて。お願いだから。

「違うよ。俺と結生は一緒じゃない」

充は笑った。身体を倒して、顔を寄せてくる。

「だって、俺はちゃんとした夫婦の間にできた子供だろう。実の兄妹がセックスして生まれてきたのは俺じゃない。結生だ。結生だけが罪の子で、人間以下のケダモノなんだ。だから俺と結生は一緒じゃない。全然一緒じゃない。結生だけが最低なんだ」

耳元で囁かれる悪魔じみた言葉。

ユイダケガ、ニンゲンイカノ、ケダモノ。ユイダケガ――。

「でも安心しろ。俺はそんな結生を愛してやる。生まれてこなければよかった子供でも、実の兄に犯されて射精する恥知らずの淫乱《いんらん》でも、どこもかしこも汚い結生でも、俺だけは触ってやれる。だから結生、ずっと、一生、俺のそばから離れるな」

痛みを与えるその手で、充は遠召の口に毒入りの甘い飴《あめ》を入れ続ける。毒は何年もかけて全身に回り、遠召にはもう抵抗する気力すらなくなった。

「結生、分かったか？　分かったら返事は？」

「……はい」

放心している遠召の上で、充はゆっくりと行為を再開させた。

「いい子だね。俺にされて気持ちいい？」

「……はい」

「ちゃんと言え。気持ちいいって」

「……気持ちいい」

充は満足そうにうなずくと、遠召の細い足首をつかんで大きく開かせた。つながっているところがよく見える体勢で激しく腰をつかいだす。ぐちゃぐちゃといやらしい音が鼓膜から流れこむ。どろりとした粘度を帯びながら身体を遡《さかのぼ》り、内臓にまで沁み渡り、血液を黒く染め、喉《のど》を逆流し、吐き気に変わる。心臓の動きも遅くなって、貧血みたいに体温がどんどん下がっていく。寒い。寒い。冷たくなっていく遠召の上で、充は自分勝手に腰を振っている。

揺さぶられながら、遠召の中で、ぷつん、ぷつん、となにかが切れる音がした。

充がくぐもった声音をあげ、動きを止める。腹の奥に熱い液体が流れこんでくる。ついに全部汚れたのだと分かった。けれど心になんの悲しみも生まれない。心と身体をつなぐ線は完全に断ち切られ、なんだかもう、自分が人間ではなくなってしまった気すらする。

「結生、結生は俺のお人形さんだ。これから先、俺のいうことだけ聞いていればいい」

「……はい」

興奮で頬が上気した充にくちづけをされながら、遠召はからっぽの頭でうなずいた。なんの感情もない。もうちっとも苦しくない。なんだか自由な気持ちだった。

いやでいやでたまらなかったのに、助けてとあんなに願ったのに、心で願うことなんて、現実にはなんの役にも立たなかった。力ずくで、自分という存在を丸ごと叩《たた》きつぶされた。

心も、頭も、あってもなんの役にも立たない。だったら捨てればいいじゃないか。感情も思考も手放して、ただ貪《むさぼ》られるだけの肉でいるほうが楽じゃないか。考えるのは充に任せて、自分は充のあとについていこう。行き先が地獄でも、心がないからもう怖くない。

なにか、どこか、間違っている気もした。

けれど、頭はもう役に立たないがらくたに成り下がってしまっていた。


ばりばりにヒビが入り、それでもなお飛び散ることなくフレームにしがみつく車のフロントガラスみたいな家庭。それが砕け散ったのは遠召が十八歳のときだった。

ある日、昼間から充とベッドにいるところを義母に見つかったのだ。そのころ、充は家に引きこもりがちになっていて、一浪してやっと入った大学にもろくに通えないまま留年を繰り返していた。義母の受けた衝撃はすごいもので、半狂乱の体《てい》で遠召をなじった。

ひどい言葉で罵《ののし》られたが、遠召はなにも感じなかった。初めて充と身体をつなげた日から今までの間に、遠召は無感動なだけでなく、表情すらめったに表さない人間になっていた。どんな冷たい視線も、ひどい言葉も、貝のように閉じた内側にまでは侵入してこない。こじ開ける鍵《かぎ》はなく、殻ごとたたき壊すハンマーは充しか持っていない。

事情を聞いた義父もショックで言葉を失った。茫然《ぼうぜん》と息子ふたりを見つめたあと、出かけてくると言って家を出ていった。逃げたのだ。結果、義母の怒りは全て遠召に向かった。

動揺したのは、遠召よりも充のほうだった。

遠召を罵倒《ばとう》しながら、目を覚ましてと充に泣きつき、すがりつく。義母の重さは、ただでさえ脆弱《ぜいじゃく》な充の精神を押しつぶした。自分が引き起こした事態に粉々に打ち砕かれ、充もまた義父と同じ逃走を選んだ。そういうところが、義父と充はよく似た親子だった。

家を出るからついてこいと言われ、遠召は黙って荷物をまとめた。春から大学生になるはずだった。世界が広がれば、充との関係も変化するかと思ったこともあった。

けれどどれも三月の雪みたいにとけて、あとにはにごった泥水だけが残った。


駆け落ち同然で家を飛び出し、ふたりで地方の町に暮らしはじめた。親の庇護《ひご》がなく、生活費を稼がなくてはいけなくなっても、充は変わろうとしなかった。バイト先の配送会社を頭のいらない肉体労働だとばかにし、高卒の同僚を低学歴だとばかにし、けれどその仕事すら満足にこなせず、無断欠勤を注意された翌日、携帯のメール一本で辞めてしまった。

生活費は遠召が稼ぎ、充は家にこもってばかりになるのに時間はかからなかった。居心地のよかった実家を思い出しては、こんなことになったのも全部お前のせいだと遠召に八つ当たりをし、散々口汚く罵ったあと、ひどいやり方で遠召を抱いた。

がんじがらめに拘束され、窒息しそうな毎日。ふたりで外を歩いていたとき、対向からやってくる車に、充を巻きこんで飛びこんでやろうかと思ったこともある。

その一方で、暗い満足を感じた。

昔、子供がみなそうであるように、遠召も愛情が必要な子供だった。けれど、遠召にはそれが与えられなかった。遠召を溺愛する義父と、遠召を疎《うと》む義母。義父は遠召を通して愛する妹を見つめ、義母は遠召を通して憎い義妹を見る。どちらも遠召本人を見ていなかった。たえずゆがんだ鏡に自分を映されて、いつか遠召自身、自分の姿を見失った。

本当の自分は、どんな人間なんだろう。

愛したり、愛されたりとはどういうことなんだろう。

自分は病気なんだろうか。充は病気なんだろうか。だから兄弟でこんな恥知らずなことができるんだろうか。考えることは苦痛でしかなく、考えないことが当たり前になった。いくら考えても、遠召が知っている愛情はいびつなものばかりで、正しい形など分からない。

分からないまま自分を手放して、自分たちはここまで来た。

昔から、遠召には充しかいなかった。

そして今、充にも遠召しかいなくなった。

満たされないままのカラッポの器が、やっと満たされた気がした。

中身が腐った泥水でも構わない。なにもないよりはマシだ。マシだと思いこんだ。そう思いこむしかなかった。引き返すことはできないのだから、前に進むしかない。

なにも考えず、ただ進んで、進んで、最後はどこへ辿《たど》り着くんだろう。美しい場所ではないのは分かっている。そこで自分も充も干からびて、火葬されたあとの骨みたいに真っ白になればいい。触れただけでぼろぼろに砕けて、あとにはなにも残らなければいい。

泥水で満たされた井戸の底で、それが唯一の望みになった。


「でも義母に見つかって、充との生活もすぐに終わった」

遠召は風景を眺めながら呟《つぶや》いた。

眩《まぶ》しい午後の光に、車窓から見える川面が反射する。きらきら。きらきら。

橋の上を通過する列車の轟音《ごうおん》。ごうごう、ごうごう。

向かいには高知が座っていて、ずっと黙って話を聞いている。高知はわずかに青ざめ、けれど動揺を表に出さないようにしている。強い男だ。我慢がきいて忍耐力もある。

高知の目に、自分はどんな風に映っているんだろう。

実の兄妹が愛し合った結果として生まれ、成長してからは実の兄と身体をつなげた男。気持ち悪い？　汚い？　自分で自分がおぞましいので、そう思われても仕方ない。

ポケットの煙草に手を伸ばし、車内禁煙だということを思い出した。半端に浮いた手のやり場に迷っていると、高知がミントタブレットの箱を開け、差し出してくれた。

くれるんだろうか。

お菓子を。

こんなどうしようもない人間に。

ぼうっとしていると、高知は小さな菓子を自分の手のひらにあけ、遠召の口元にまで運んでくれた。口を開けると、菓子と一緒に指の先が中に入った。指はかすかにしょっぱく、日向《ひなた》のように香ばしく、爽快《そうかい》な味がした。塩と太陽とミント。高知の味だ。

「……気持ち悪くないのか」

少しだけ心が落ち着いて、やっと聞けた。

「なにを」

「俺が」

「ないよ」

高知は真っ直ぐ遠召を見つめた。けれど信じられない。話をしている間、自分でも何度も吐き気と悪寒に襲われた。自分でもそうなものを、他人が――。

「気持ち悪くなんか、ないよ」

高知はもう一度言い、それよりと腰を浮かせて窓を開けた。熱をはらんだ外気がぶわりと吹きこんで、どんよりとにごっていた空気を吹き飛ばした。

「それより、遠召さんが生きててくれてよかった」

短い髪をはためかせながら、高知は遠召を見つめた。

「つらかったのに、がんばってくれて、本当によかった」

高知は笑った。目にも、声にも、表情にも、きっかり口にした言葉分だけの重みがある。余計なものがない、シンプルなあたたかみ。

張りつめていた糸が、するするとゆるんでいく。

暗くなろうとすれば、どこまでも暗くなれる。難しくしようと思えば、どこまでも難しくできる。重くしようと思えば、どこまでも重くできる。そういうものを、高知は単純にくるんと包みこんでしまう。たいした言葉も使わず、たいしたこともせず。

「伯母さんが迎えにきて、お兄さんは連れ戻されたの？」

遠召は少し考えた。

「形としては『連れ戻された』んだろうが、俺には、充が安心しているように見えた。これでやっと家に帰れるって。多分、もう疲れてたんだろう」

「なにに？」

「金の心配とか環境の不便さとか。俺ひとりじゃたいして稼げないし、引っ越した当時はネットの回線すらつながってなかった。充はネット中毒だったから」

そのくせ自分が逃げ帰るとは認めたくなくて、その場しのぎの言葉を残した。

——結生、待ってろよ。すぐ帰ってくる。

自分は逃げるくせに、遠召をそこに縛りつけた。

「弱い人だ」

高知が言い、遠召は伏し目がちに笑った。

「でも必要だった。俺には」

遠召は窓に目を向けた。川はとうに通過し、列車はさみどりの田園を走っている。八月の終わり、青々とした稲穂の中にきらきら光るビニールテープが張られている。

「好き……だったの？」

高知が迷いながら聞いてくる。

「まさか」

遠召は迷いなく呟いた。

「殺したいほど憎んでる」

充は、遠召にとってこの世で一番必要で、この世で一番憎んでいる相手だ。

会いたいかと問われれば、会いたくない。

けれど、会うことで色々なことの終わりが来るかもしれない。

それは今日かもしれない。

車内アナウンスが、育った町の名前をのんびりと告げた。

八年ぶりに帰ってきた町は、記憶と同じ場所と変わってしまった場所が、ところどころモザイクみたいに入り組んでいた。元々好きな町ではなかったので感慨はない。

つまらない間違い探しゲームをしている気分で、淡々と家までの道を歩いた。思ったよりも落ち着いていられるのは覚悟を決めたからだ。そして隣に高知がいるからだ。

「じゃあ俺、さっき通った喫茶店で待ってるから」

「ああ」

遠召を家の前まで送り、高知は来た道を引き返していく。二、三歩行き、ふと思い出したように振り返った。

「電話するから」

きっぱりとした言い方で、高知はじゃあと歩いて行った。その明瞭さが、気持ちにわずかな余裕をくれた。電話するから。たった一言なのに。

門扉に手をかけたとき、反射的に足がすくんだ。見えない汚泥がゆっくりと湧《わ》き出して足元にからみつき、這い上がってくる。ぎくしゃくと人形みたいな動きで玄関まで歩く。震える指でチャイムを押す。出てきた義母は、遠召を見て息を呑んだ。

「帰ってください」

敬語で言われた。この八年間で、自分は義母にとって完全な他人になったのだ。違う。他人以下だ。一度は『おかあさん』と呼んだことが百年も昔のことに感じる。

「充に呼ばれたんです」

「帰ってください」

不毛な押し問答をしていると、リビングから義父が出てきた。そういえば今日は日曜日だった。曜日の概念が薄い生活をしているのだ。

「結生、どうしたんだ」

義父は驚き、なにかあったのかと急いで玄関へやってきた。

「充から手紙が来た。末期のガンでもうすぐ死ぬから会いに来いって」

義母が口元に手を当てる。義父は呆《あき》れた顔でやれやれと首を振った。

「それは充の思いこみだ。あいつはただのアル中だ」

「あなた！」

「医者の見立てではアルコール依存症と躁鬱《そううつ》病。毎日引きこもって、最近は昼間でも酒が手放せない。飲んではお母さんに手を上げる。家を壊す。もうめちゃくちゃだ。あいつは」

疲れた声で淡々と話す義父をさえぎり、義母が早口でまくし立てた。

「今年の夏は暑いから、少し調子が悪いだけよ。充は昔から夏が苦手だったでしょう。涼しくなればお酒も飲まなくなるわ。あの子、やる気はあるの。充はやろうと思えばなんでもできる子なのよ。小さいころからそうだったじゃないの。近所でも評判の優等生で――」

「うるさい！」

いきなり怒号が響いた。玄関から正面の階段を見上げ、遠召はまばたきをした。頬がげっそりこけ、幽鬼のようにやせこけた男が薄暗い二階に立っている。

「……結生?」

充はぽかんと遠召を見下ろし、はっと我に返ったように髪にせわしなく手を入れた。身だしなみを整えたつもりなのか、よれよれのパジャマ姿で顎《あご》を上げて胸を反《そ》らす。

「久しぶりだな、結生。元気だったか」

階下を睥睨《へいげい》しているのは、ぼろぼろの王様だった。


充の部屋は酒とすえた体臭が充満していた。家具などの配置は変わっていないが、ひどく散らかっている。壁紙があちこちやぶれ、いくつか穴が空いている。殴《なぐ》ったか蹴《け》ったかどちらかだろう。カーテンが引かれた薄暗い部屋で、充はベッドに腰かけた。

「おいで、結生」

手を差し出された。行きたくない。けれど身体から力が抜け、ふらふらとそちらへ引き寄せられる。近づくと手を引っ張られた。すとんと崩れるように充の隣に腰かける。

「結生、会いたかった。やっと俺の元に帰ってきたな」

頬をくっつけるように囁かれ、脂でべたついた皮膚の感触に寒気が走った。アルコールで胃をやられているのだろう、息が猛烈に臭かった。

「長い間、どうして連絡をしてこなかったんだ。俺はずっとお前からの連絡を待っていたんだぞ。何度かこっちからしようと思ったんだが、忙しくてなかなかできなかった。あちこちの企業や大学の研究室からどうしても手伝ってほしいって依頼が来て——」

　充はひとりで夢のような作り話を続ける。すぐに帰るから待っていろと言ったのは自分なのに、覚えているだろうに、そんな言葉はなかったかのように話を続ける。

「お前、あのぼろい家にまだ住んでるのか？　あそこはなにもない不便な町だったな。なあ、結生も家に帰ってこいよ。ここにいれば、金と引き替えに世間のばかな連中に頭を下げる必要もないし、なにもしなくても食事も勝手に出てくる」

　働く必要もなく王様でいられる実家はさぞかし快適だろう。だからあの『ぼろい家』に帰ってきたくなかったのだ。遠召に会いたかったと言っても、それは自己愛を超えない。立て板に水のように話し続ける声には力もなく、不穏な通奏低音のように鼓膜に障る。

「——俺はあと三ヶ月で死ぬんだ。死ぬ前に結生に会えてよかった」

　手を重ねられ、指と指をからめて上からにぎられる。骨を連想させる細い指。遠召と充は手が似ている。やはり兄弟なのだ。強弱をつけてにぎりながら充が言う。

「やっぱり結生はかわいいなあ、昔からちっとも変わらない」

　黄色くにごった目で笑う。前歯が汚れている。充はすえた息を吐きながら、遠召の耳元で延々と愛を囁いた。臭くて気分が悪くなる。えづくのをこらえるので精一杯だ。

「おい、聞いてるのか?」

肩をゆさぶられ、はっと我に返った。顔を上げた拍子にキスをされ、瞬間、強い吐き気に襲われた。口に手を当ててこらえると、横から衝撃が飛んできた。こめかみを殴られたのだ。仰《あお》向《む》けにベッドに倒れた遠召に、いきなり激高した充が馬乗りになる。

「なんだ、その態度は! 俺を汚いものみたいに!」

平手をくらったが痛くなかった。骸骨《がいこつ》のような男が喚《わめ》いている。

「俺を放ったまま電話一本せずに、汚い犬のくせに、あやまれ、あやまれ!」

喚きながら、弱い平手を繰り返す。伸《の》しかかる身体の軽さも、力のなさも、興奮して言葉が貧弱になっていくさまも、充の衰えがダイレクトに伝わってきて怖くなった。

充はもう遠召を支配できない。遠召の世界に君臨できない。

自分は解放されてしまう。自分で物事を考えなくてはならなくなる。

そう思った途端、恐怖に襲われた。充がいなくなったら、長い支配のあとに考えることもできなくなった間抜けがひとり取り残されてしまう。どうしていいか分からない。混乱の中でふと平手が止み、薄目を開けると充は泣いていた。

「……充?」

茫然とする遠召の上に、ぱたりと倒れてくる。

「……結生、助けてくれ、苦しいんだ、もう死にたい。もう生きていたくない」

枯れ木のような腕で、助けて、助けて、と泣きながら遠召にしがみついてくる。まるで昔の自分だった。真冬の床に裸で土下座をさせられて、許してくださいと泣いてお願いしている子供。それを命じた男が、今は遠召に泣きながら助けを乞うている。

皮肉な逆転劇を前にして、腹の底からなにかが這い上がってくる。

怒り。憎しみ。悲しみ。長い間、吐き出されずにためこまれたそれは、充が弱まった隙《すき》をついて、すさまじい力で遠召を支配する。遠召はふるえる手を充の首にかけた。

「結生、助けてくれ。もう死にたい。俺を殺し――」

首に回した両手に力をこめると、充の声がくぐもってひしゃげた。ぐぐっと喉の鳴る音がする。充がもがく。けれどそれも力ない。にごった目が充血していく。やせこけた顔がふくらんで赤くなっていく。充の手が宙をかく。空気を求めて必死でもがく。

死にたいと言っていたくせに、いざとなると命を惜しむ。矛盾だらけの弱い男。かわいそうだとは思わなかった。欠片《かけら》も思わなかった。それどころか、ざまあみろと思った。

なのに、充の首をしめながら、涙が止まらなかった。

やり方はどうあれ、昔、この男だけが遠召自身を求めてくれた。普通の兄として愛してくれれば、遠召は弟として充になんでも捧げられたはずだ。親の愛情が得られない分、普通の兄としてそばにいてくれと頼まれたら、弟としてなにを捨ててもそばにいたはずだ。

けれど、それは充も同じだったのかもしれない。

遠召が普通の弟でさえあったら、充はここまでゆがまなかったのかもしれない。父親の愛情を突然やって来た弟にさらわれ、父親に溺愛される弟を横目で見ながら、母親の窒息しそうな愛情に長年くるまれる。弟よりも優秀であれと無言の圧力をかけられる。生きるために、死なないために、遠召という犠牲が必要だったのかもしれない。

憎んでいたのに必要だった。

必要なのに憎んでいた。

愛情がほしかったのだ。どちらも、ただ普通に愛情がほしかっただけだ。

兄弟だと思った。自分と充は果てしなく似ている。血だ。紛れもなく。

首をしめる自分の張り詰めた手と、充の苦悶《くもん》の表情。これが見たかった最後の風景なんだろうか。美しさはない。骨のような白さもない。ただ無秩序に感情が渦を巻いている。

結局、自分たちはいつまでも泥水の中をのたうち回るしかない。

今度こそ這い上がれない、深い底へ落ちていく。

どんどん、どんどん、充とふたり。それはひとりよりもおそろしいことに思えた。

怖い。助けてほしい。誰か。神さま。胸の中で叫びながら、自分たちがちっとも変わってないことに気づいた。昔も恐怖に引きつって助けを求めた。でも誰も助けてくれなかった。

どんなに乞うても誰もいない。ここには自分と充しか――。

そのとき、ベッドに転がっていた遠召の携帯が鳴った。

なんの設定もしていない、そっけない着信音。薄暗い部屋で点滅する光。

ふっと、全身から力が抜けた。手を離すと、充がベッドに転がって激しい咳《せき》をした。それを茫然と見ているうちにコール音が止んだ。自動で留守番電話に切り替わったのだ。

遠召はぎくしゃくと携帯を拾い、画面を見た。公衆電話。携帯を持たない高知からだ。見ているうちに、また携帯が鳴った。震える手で通話ボタンを押した。

「もしもし、遠召さん？　俺」

くっきりとした輪郭のある声。

声の後ろから、外のざわめきが聞こえている。徐々に現実感が戻ってくる。

「様子はどう？」

「……ああ」

ぼんやりと返事をした。

「……もう帰るところだ。少し待っててくれ」

声がわずかに震えた。

「いいよ。様子見の電話しただけだから。問題ないならゆっくりしてきて」

「……ありがとう」

短く返事をして通話を切った。

携帯をポケットにしまいながら充を見ると、充もこちらを見ていた。

涙と怯えと怒りがにじんだ目。

無言で視線を交わしていると、充はいきなり布団をめくって中に潜りこんだ。丸めた身体が小山のように盛り上がる。細かく震えながら、ううーとくぐもった声が聞こえた。

ううー。ううー。充はうめく。ううー。ううー。ううー。ううー。

弱い獣のようなうなり声が、遠召から力を奪っていく。しばらく脱力したあと、なんとか立ち上がると充のうなり声が止んだ。ふいの静けさに遠召も緊張した。

そろそろと布団が持ち上がる。

わずかに開いた隙間から、充が遠召を見ていた。

弱くて、卑屈で、小さな、ふたつの光。

遠召もじっと見つめ返した。

血のつながったあの男と、数限りなくまじわった。記憶は消えない。やったことは帳消しにならない。忘れることもできない。自分たちはきっと一生苦しみ続ける。

救いのない認識に、自分の一角がぽろりと崩れた気がした。

ぼろぼろと砕けて、崩れて、形をなくしていく。

どれくらい見つめ合っていただろう、布団の隙間が音もなく閉じられた。

一階に下りると、義母がリビングから出てきた。「充は?」と聞いてくる。布団にくるまってうなってると言うと、怒りと悲しみが混じった顔で遠召をにらみつけた。

「結生、帰るのか」

義父が廊下に顔を出した。

「せっかくだし、コーヒーでも飲んでいかないか」

場にそぐわないのんびりとした言葉に、義母が目をつり上げた。

すぐ隣にいるのに義父は気づかない。義父の目は遠召しか見ていない。

違う。遠召の後ろに立つ愛する妹しか見ていない。この人は昔からそうだった。一見優しげな風で、実は一番我の強い人だった。母は、実の兄のどういうところを、禁忌を乗り越えてしまうほど愛したんだろう。ふとそんなことを考えた。考えても答えは出ない。

遠召には、愛と呼ばれるもの全てがよく分からない。

愛の形は、遠召にとってどれもいびつで恐ろしいものに見える。

けれどあらゆるところ、たとえば小説、映画、劇、絵画、音楽などで高らかに賞賛されているので、それを理解できない、信じられない遠召は必然的にはじかれてしまう。世界中からはじかれて、まるで自分こそが存在しないもののように思える。昔からずっとだ。

「帰るよ」

そっけなく言い、玄関で靴をはいた。

「またおいで。今度は一緒に飯でも食おう」

後ろで義父が言ったが、遠召は答えなかった。この人とはもう二度と会わない。会いたくない。本当はずっとそう思っていた。もう我慢はしない。後ろ手でドアを閉めて家を出た。


家から駅へ向かう最初の角で、高知は遠召を待っていた。

「おつかれさま」

高知はそれだけ言い、そして、それ以上なにも言わなかった。

恐らく、今の自分はひどい顔をしているんだろう。なにも聞くな、なにも話したくないと顔に書いてあるのかもしれない。高知はただ黙って遠召の隣を歩く。

帰りの列車のシートにだらりともたれ、遠召は窓の桟に肘《ひじ》をかけた。

流れる風景はただ流れていくだけで、心になんの光も風ももたらさない。疲れていたので目を閉じた。手のひらに充の首をしめた感触が残っている。生々しい。高知からの電話がなければ、自分は充を殺していた。でもそれで？　だからなんだ？

なんの感慨も起きない。

あのとき湧いた感情の大渦で、充への気持ちを使い果たしてしまったのかもしれない。

今はただ、どうしようもなく深い喪失感がある。足元でぽっかりと口を開けているそれに落ちていく。穴には底がない。なんの抵抗もなく、ただ落ち続けるばかりだ。

実の兄妹の間に生まれた子供。

昔から、自分は存在してはいけないもののような気がしていた。切実に求めてくれたのは充だけで、それが消えたらなにも残っていなかった。単純な図式だ。生きる意味がゼロになったようなからっぽさ加減。ふっと一度だけ笑った遠召を、高知は黙って見ていた。

赤い屋根の古い家に着くなり、高知に担ぎ上げられた。

「——おい」

声をかけたが、その声にも力が入らない。高知はなにも答えない。

荷物みたいに居間に担いで連れて行かれ、畳の上に組み伏せられた。高知は自分の服を脱いでから、遠召の服もはぎとっていく。抵抗したがなんの効果もない。服と一緒に考える力も奪っていくような乱暴な手つきに安堵《あんど》がこみ上げてきた。

からっぽで、なにもない内側をなんでもいいから埋めたい。

そのくせ、自分からはなにもする気力がないのだ。

いつもと違い、行為に入る前のキスはなかった。構わない。今はそういう甘いものはわずらわしい。最低限の前戯で高知は遠召の中に入ってくる。いきなり激しく動かれる。快感よりも痛みが生まれたが、そのほうが都合がよかった。

快感。もしくは痛み。強烈なものに自分を支配されたい。一度達したあとも、高知のそれは萎える気配もない。つながりをほどかないまま、二度目の行為になだれこんでくる。注ぎこまれたもので奥が潤《うる》み、痛みの代わりにちらちらと快感が顔をのぞかせる。

「……もっと」

高知の首に腕をからめて懇願した。快感なら徹底的に、正気を保っていられないほど感じさせてほしい。そうでないなら、痛くしてほしい。どちらかだ。

高知が遠召の膝裏をすくい上げる。足を担ぎ上げる格好で身体を倒され、結合が一気に深まった。その態勢で大きく腰をつかわれると、背中が畳にこすれてヒリヒリする。

からっぽな自分を、高知から奪い取るようにした痛みや快感で埋めていく。

なのに底の抜けた器みたいに、痛みも快感も遠召の中を満たさずにただ流れ落ちていく。

もっと、もっとと何度も訴えた。

高知は黙々と応えてくれる。

射精するたび死んだような気になる。快楽の頂点は小さな死だ。

遠召は何度も死んで、高知は何度も遠召を生き返らせる。

もう吐き出すものがなくなっても行為は続いた。たがの外れた快楽は苦痛と同じものになる。止めてくれと、さっきとは逆のことを訴えたが無駄だった。

身体を裏返され、後ろから猛ったものを押し当てられる。高知の形に身体が拓かれる。そこはぐずぐずにとろけて、張り詰めたものをなんなく呑みこんでいく。

深い場所まで侵入され、遠召は畳に爪を立てた。

気持ちよすぎて、苦しすぎて、涙がこぼれた。

一度あふれると、壊れた蛇口のように涙が迸《ほとばし》る。

実家を出てから、初めて泣けた。ようやく泣けた。

そうなってやっと、自分はずっと泣きたかったのだと気づく。

高知のほうがそれを分かっていた。そしてそのやり方も。号泣《ごうきゅう》といっていいほど泣きじゃくる遠召に手をゆるめることなく、延々、死ぬほどの快楽と痛みをくれる。

もう何度達したのか分からない。時間の感覚もなくなった。

壊れ物を扱うように、優しいくちづけが降ってくる。

泣いて、泣いて、すっかり干からびた心にじわりと沁みこんでくる。

無骨な指で前髪を払われ、涙と汗でべたついた頬から唇へ。

キスをしながら、高知はつながりをゆっくりとほどいた。

ひとり分になった身体はぐったりと、ちゃんと重さがあった。底が抜けたと思った心に、いつの間にか底ができていた。もうなにもたまらない、流れ落ちてゆくだけだと思っていた空洞の心。その底に、今はわずかになにかがたまっている。

「……遠召さん」

やんわりと、けれど強く抱きしめられた。外から圧迫され、身体の内側に微量にたまった感情が水位を上げる。かすかにあたたかい、冬の日だまりみたいな心地よさ。

これは自分の持ち物じゃない。自分の中にはこんな優しいものはない。

これは——高知だ。高知が自分のものを分けてくれた。

まじないコーヒー。レトロなクッキー。木目の柔らかな犬小屋。そこでいつか暮らす犬の名前はエリ。塩と太陽とミントのタブレット。高知がくれるものはどれもささやかで、ありふれていて、そして、ほんのりとあたたかい。

視界がじわりとにじんだ。さっきの悲鳴みたいな泣き方とは違う、こぽりと地中から湧き出る泉みたいに静かな涙。こぽこぽとあふれるそれを、高知は唇で吸い取ってくれた。

「……エリ」

ぼんやりと呼びかけた。「ん？」と柔らかく髪を梳かれる。

「俺も行く」

「どこに？」

「お前が行くところ。俺も、お前と一緒に行く」

沈黙が漂った。

「……だめだよ」

「どうして」

また沈黙。

「人を刺したからか？」

空気にかすかなひびが入った。

「人を刺して、逃げているからか？」

さっきよりも長い、じりじりと音もなく焦げつくような静かな時間が続く。

「いつから知ってたの」

問いかける高知の目は、海の底のように静かな色をしていた。

「少し前」

答えると、そっかと笑う。困ったような、今にも泣きそうな笑い方。

「お前は、これからどこへ行くんだ」

答えは返ってこない。遠召は高知の首に両腕を回した。

「俺も行く。連れて行ってくれ」

至近距離から見つめる。けれど高知の目はゆれない。

「犯罪者についてくる人がどこにいるんだよ」

「ここにいる」

遠召は高知にしがみついた。高知がこれからどこへ行くのか、なにをしようとしているのかは知らない。知る必要もない。一生逃げ続けるつもりならそれでいい。死ぬつもりならそれもいい。もう一度相手を殺しに行くつもりでも、高知の行くところに自分も行く。

「遠召さん――」

「俺には、もうなにもない」

さえぎるように言った。自分はもうどこに行ってもいい。なにをしてもいい。なのにどこへ行っていいのか分からないし、なにをしたいのかも分からない。

長い間、ずっと自由になりたいと願っていた。けれど、自由とは全てを失うことなのだと知った。手心を加えられていないお伽噺《とぎばなし》のように容赦のない結末だった。

「……分かったよ」

長い長い沈黙のあと、高知があきらめたように呟いた。

「一緒に行こう」

ひとつっきりで夜に浮かぶ、小さな月みたいにさみしい声だった。

高知英利　Ⅲ

中学生のとき、父親を病気で亡くした。そのときは母親と姉の三人で父を見送った。大学生のとき、母親を事故で亡くした。そのときは姉とふたりで母を見送った。そして今年、姉が自ら命を絶った。最後の身内をついにひとりで見送った。

正確にはひとりではなかった。姉には夫がいて、喪主はその男が務めたのだから。

姉の夫、倉本《くらもと》久《ひさし》のことを、高知は最初に紹介されたときから好きになれなかった。かたぎの営業マンなのに妙に崩れた印象で、休日に姉をパチンコ屋に連れて行くような男。愛情深い反面、融通のきかない面もある職人気質な姉には似合わない感じを受けた。

どこが好きなのかと聞いたら、大らかなところと姉は答えた。高知の目には単にいいかげんにしか映らなかったが、恋愛が理屈以外のところで動く程度のことは承知している。姉が愛した人ならと、なんとか納得して祝福したのだ。

けれど、結婚わずか二年目の夜明け、姉は自宅の風呂場で手首を切った。夫である久は外泊をしていて家にはいなかった。仕事の接待で終電に間に合わず、カプセルホテルに泊まっていたらしい。妻の自殺に心あたりは全くないと、久は警察にも高知にも説明した。

姉の死は、言葉にならないほどの衝撃を高知に与えた。

仕事をしているときは気持ちを紛らせられるが、休日はなにをする気も起こらない。どうして姉は自殺なんてしたんだろう。久はさっぱり理由が分からないと言っていたが、夫なのにそんなことがあるだろうか。絶対になにかあったはずなのだ。

なにか手がかりはないかと、高知は休日の午後、姉の工房へ向かった。高知の両親は揃《そろ》って腕のいい彫金師で、今は姉とアシスタントのふたりで工房を回していた。姉が手がけるジュエリーは評判がよく、女性誌で幾度も取り上げられたことがある。

——英ちゃんの結婚指輪は私が作ってあげるからね。

いつも姉はそう言っていた。そのたび高知も返したものだ。

——じゃあ、姉さんの嫁入り道具は俺が作るよ。

けれど高知の約束は叶《かな》わなかった。姉の新居の家具は、久が全て勝手にイタリア製のものを注文してしまった。高額なローンは結婚してから夫婦ふたりの収入から払われたが、久の収入は姉の三分の一で、姉の収入をあてにしていることが見え見えだった。

裏口から入ると、見慣れた工房の風景が目に映った。白い漆喰《しっくい》の壁、天井付近の窓から午後の日差しが柔らかく降る作業台。無数の埃《ほこり》が光に透け、きらきらと空間を漂っている。

高知は作業台の椅子に腰を下ろした。

幼い日、ここには父が座っていた。隣には母が。つい先日までは姉が。長い年月が染め上げたセピア色の空気には、数えきれないほどの家族の思い出があふれている。

高知はポケットをさぐって指輪を取り出した。

姉が死んだ翌日に届いた、小さなダイヤモンドがはめこまれたエタニティリング。

姉は、高知の未来の伴侶《はんりょ》のためにこれを作ってくれたのだ。自殺を考えるほどの状況で、最期に約束を守ってくれたのだ。手の中で幸福を振りまいて輝く華奢《きゃしゃ》な指輪を、高知は強くにぎりしめた。指輪には、遺書のようなカードが添えられてあった。


——お父さん、お母さん、英ちゃん、ごめんなさい。


最後に姉と会ったのは三月、桜がまだかたい蕾《つぼみ》のころだった。

電話はしていたが顔を合わせるのは正月以来で、ぱっと見たときやせたと感じた。ちゃんと食べてるのかと聞くと、仕事が忙しくてと笑っていた。家具と宝石。扱うものは違っても、職人同士気持ちは分かる。一旦没頭すると食事が飛ばしがちになるのはよくあることだ。

「久さん、元気？」

挨拶程度に問うと、元気よと姉は手にしたティーカップに目を伏せて笑った。待ち合わせたのは工房近くの喫茶店で、昔から家族でよく使った。卵のサンドイッチがおいしくて、小さいころは姉弟で取り合いをした。あの日、姉はサンドイッチをほとんど残した。

「私、親不孝をしたかも……」

店を出て、別れ際、姉が呟いた。え、と振り向いたが、ちょうど高知が乗るバスがやってきて、話はそれきりになってしまった。バスの窓越し、姉は高知に手を振った。夕暮れに小さくなる影に奇妙な心許なさを感じたが、忙しい日々に紛れて忘れてしまった。

今思い返すと、あの日の姉はおかしかった。もっときちんと話を聞いていたら、こんなことにはならなかったのかもしれない。後悔ばかりが押し寄せる。

――私、親不孝をしたかも。

――お父さん、お母さん、英ちゃん、ごめんなさい。

ふたつの言葉がぐるぐる高知の頭を回っている。一体どういうことなんだろう。姉はなにを悩んでいたんだろう。知りたい。でも知っても姉はもう戻ってこない。

つーっと頬を涙が伝い落ちていく。重い身体には悲しみしか詰まっていない。母を亡くしてから、ふたりきりの姉弟として助け合って生きてきた。涙はあとからあとからあふれる。

そのとき、工房の向こうから声がした。表通りに面した一角はショップになっていて、鍵が閉まっているはずなので久だろう。ここの鍵は、姉と久と高知しか持っていない。

「ふうん、思ったより素敵じゃない。この指輪とかいいわ」

女の声がした。続いて久の声も聞こえる。

「気に入ったならやるよ」

「いいの？」

はしゃぐ声を彩るように、石の床にカツンカツンと踊るようなハイヒールの音が響く。それに紛れて「どれもかわいいけど、お店でつけるには地味かしらね」と値踏みまじりの楽しそうな声がする。高知の中に、いやな感じの染みが広がっていく。

「ねえ、久、本当にここ売っちゃっていいの？」

「俺が持ってたって仕方ないだろう。宝石のことなんかなにも分からないし」

「でも親の代からの工房でしょう。弟さんが黙ってるかしら」

「文句言われても知らないね。親が死んだときに、ここ売って姉弟で財産半分にする話もあったのに、工房は彫金やってる姉さんが継ぐのが当然って弟のほうから言ったらしい」

「へえ、欲のない弟さんね」

「ああ、おかげで俺もいい目を見られるよ。ここの名義は結婚したときに嫁さんから俺の名前に書き換えさせてたし、法的になんの問題もない。俺の好きにする権利がある」

「最初から、ここ手に入れる気満々だったんでしょう？」

「……いやな言い方するなよ。まさか自殺するなんて思ってなかった」

「今さら遅いわよ。あーあ、こんな旦那持った奥さんに同情するわ」

女が呆れたように続ける。

「稼いだ金はギャンブルに吸い取られるわ、浮気されるわ、ノイローゼになったあげくに自殺して、死んだあとは工房まで売り飛ばされちゃうなんてね」

「じゃあ売るの止めようか。マンション買う話も旅行の話も全部なしになるけど」

「それとこれとは話が別でしょ」

女が慌《あわ》てて言い、お前も同罪だと久が笑う。

全身がかたかたと震えはじめた。そうだったのか。ようやく分かった。姉が言った『親不孝』とはこのことだったのだ。自分のせいで親の形見の工房を久に奪われるかもしれない。姉が高知に相談できなかったのも分かる。夫の浮気だけが自殺の原因じゃなかった。

それでも、死ぬくらいなら一言打ち明けてくれれば——。

その前に、自分がもっと姉の様子に気を配っていれば——。

高知は膝の上に置いた拳《こぶし》をにぎりしめた。あまりに強くにぎりしめているので、手からは色が失われている。全身が怒りで満ちていて、今にも叫び出してしまいそうだった。

「あっちはなに?」

「工房だよ。工具ばっかで見てもおもしろくないぞ」

「ばかね。裸石があるじゃない」

ハイヒールの音が近づいてくる。ドアが開き、きゃっと小さな声がした。高知はゆっくりとそちらを振り向いた。驚いた顔の女が立っている。長い髪をゆるく巻き、爪《つめ》には美しいマニキユアが施されている。長年工具を扱っていた姉の荒れた指とは正反対だった。

「英利くん？」

女の後ろから久が顔を出す。ばつの悪そうな表情から、少しずつおもねるような卑しい顔へと変わっていく。曖昧《あいまい》な笑みを浮かべながら、久はこちらにやってきた。

「人が悪いなあ。いるならいると声をかけてくれればいいのに」

高知は椅子に腰かけたまま、無表情に久を見上げた。この男はなにをへらへら笑っているんだろう。視線を久からはずし、高知は自分の手を見た。色を失うほどにぎりしめられている手をゆっくりと開く。輝くダイヤモンドリングが現れた。

「あれ、それ商品？」

久が無遠慮に高知の手をのぞきこみ、困るなあと眉根を寄せた。

「いくら身内でも、商品を勝手に持ち出さないでくれ。特にダイヤなんて値の張るもの」

久が指輪に手を伸ばす。

その瞬間、強張って押し固められていた怒りが爆発した。

頭の中で光が点滅する。赤と黒と白。怒りは導火線のように連なり、ゆがみ、破裂しながらすさまじい勢いで久へと向かっていく。指輪をにぎりこみ、高知は立ち上がった。

――――。

女の悲鳴で我に返った。目の前には、床に倒れてうめいている久の姿があった。腹を押さえる久の手は真っ赤に染まって、流れでたものが床を汚している。

高知は自分の手を見た。彫金で使う鋭利なコンパスを持っていて、刃先にはべったりと深い位置まで血がついていた。自分が刺したのか？　女の悲鳴がうるさい。うるさすぎて落ち着いて考えられない。血のついた工具を作業台に戻し、高知は工房を走り出た。

走りながら、無意識にポケットの中をさぐった。よかった、ちゃんとある。

姉が遺した指輪。永遠の愛を象徴するダイヤモンドリング。

遠くから救急車のサイレンが聞こえた。非常を告げる音が高知を走らせる。息が切れる。苦しい。でも止まれずに走り続ける。行き先は分からない。

一度だけ振り返った目に、見慣れた街並みが映った。


「あの、いいですか？」

声をかけられ、高知は我に返った。振り向くと小さな子供を連れた若い母親が立っていて、高知はすみませんと急いで身体をどけた。

駅の券売機の前、自分が逃げ出してきた町の名前を見たとき、すごい勢いで記憶が巻き戻された。ぼうっと自分の手を見る。あの日のまま、血のついた工具をにぎっているような錯覚を起こしたのだ。刺したときの感触は覚えていない。後悔もない。けれど、両親と姉が大事にしていた工具で人を傷つけたことだけは申し訳なく思う。

きゅっと手をにぎりこみ、高知は今度こそ切符を買った。ひとりで改札を抜け、ひとりでホームに立ち、ひとりで生まれた町に帰ろうとしている。目的は変わっていない。あの男に会う。話をする。あとは殺して自首するか、許して自首するか、選択はふたつだけだ。

一緒に行こうと遠召と約束をしたのはつい昨日。でも連れて行く気はなかった。当然だ。巻きこめない。明け方まで抱き合って、疲れ果てて寝ている遠召を起こさないよう、高知は静かにあの古い家を出てきた。荷物は置いてきた。左のポケットに財布、反対のポケットに姉の指輪と、途中で買った折りたたみのナイフが入っている。

遠召はそろそろ起きただろうか。

高知がいないことに気づいただろうか。

遠召は昨日、自分を連れて行けと、自分にはもうなにもないと言った。

愛情から出た言葉ではなかった。かといって、やけになっているのでもなかった。

遠召には遠召の、高知には高知の、それぞれの痛みがあり、それがたまたまぴたりと重なったのだ。形も、色も、手触りも、全てが違うにもかかわらず、まるで同じ一本の木に生《な》った果実のように、つながった根から互いの気持ちが流れこんできた。

こんな風に出会わなければと何度も思ったけれど、遠召はこんな風でなければ出会えなかった相手で、最初から自分たちの関係は行き止まりだった。

昼に近い午前中。小さな町の小さな駅。高知の他には子供の手を引いた若い母親がいるだけだ。子供は白い帽子に白いワンピースを着ている。よそ行きっぽいワンピースの裾《すそ》が、風に吹かれてひらひらと舞っている。列車が到着するアナウンスが入った。

九月になっても暑さは衰えず、陽炎《かげろう》にゆらぐレールの向こうから列車がやってくる。空気が破裂するような音を立ててドアが開き、高知は四人がけの席の窓際に座った。ドアが閉まる間際、誰かが乗ってきた。背中を向けているので、高知からは姿が見えない。

がたんと、一度大きくゆれて列車が走り出す。足音がこちらへやってきて、通り過ぎることなく高知の隣に腰を下ろした。席はあちこち空いているのに——ちらりと視線をやって、息を呑んだ。長い睫《まつげ》が影を落とす、なだらかに美しい横顔。

「お前の考えてることは、なんとなく分かる」

遠召はこちらを見ないまま言った。

「だったら……」

苦しい声が出た。実際に苦しかった。寝ている遠召を残して家を出ていくとき、心がちぎれそうに痛かった。今も、同じ痛みが高知の胸に渦を巻いている。

「俺の気持ちが分かるなら、次の駅で降りてほしい」

「……自首するのか？」

「目的を果たしたら」

「目的って？」

高知は黙りこんだ。

「殺すのか？」

分からない。どう転ぶか自分でも分からない。

「俺も、充を殺そうとした」

落ち着いた声音に、動揺したのは高知だった。

「いきなり馬乗りになられて、ぶたれて、最後は泣きながら助けてくれとすがりつかれた。俺はなんだかよく分からなくなった。助けてほしいのは俺も同じで、どうしていいのか分からなくて、首をしめた。お前から電話がなかったら、多分、殺してた」

淡々とした告白。遠召はゆっくりと高知を見た。

「お前と同じだろう？」

問いに重なって、反対の線路を列車が走っていった。ごおっとすさまじい音が立って、びりびりと窓が振動する。すごい勢いですれ違っていくので、ひとつひとつの窓ははっきりとした像を結ばない。流れて、どんどん流れて、景色はまたいきなり切り替わった。

「お前が犯罪者でも、聖人でも、俺にはどうでもいい」

窓の向こう、明るい九月の風景を背に遠召が言った。

遠召の目にも声にも悲壮さはなく、高知は言うべき言葉を見失った。

次の駅名がアナウンスされ、列車がスピードを落としはじめた。ホームが見え、遠召は高知の肩に頭をもたせかけてきた。窓からの日差しが薄茶色の髪に当たって金色に光らせる。

高知は遠召の髪に鼻先をもぐらせるように顔を伏せた。

目を閉じると、列車が停まった。そのままなにも考えず、眠ったように時間が過ぎるのを待つ。がたんと一度大きく揺れ、また列車は走り出す。遠召は降りず、高知は降りろと言えず、ふたりで行くことが決まってしまった。


列車の中で高知は事件の話をした。後悔していないと言ったときだけ遠召はうなずき、目立たないよう高知の指に自分の指をからめた。遠召の手は夏なのにひんやりと冷たい。ああ、遠召の手だなと、遠召といるんだなと思う。ふたりでいてはいけないのに、ふたりでいられることが単純に嬉しかった。

午後も遅い時間、地元の駅に着いた。伊達眼鏡とキャップで顔をかくしているとはいえ、子供のころから何千回も通った改札を抜けるときは緊張で鼓動が速まり、人通りの多い西口を避けて外に出たときはホッとした。

「移動はタクシーのほうが人目につかなくていいな」

遠召が通りを流しているタクシーに視線を向ける。そうだねと答えながら、高知はその場を動けなかった。小さな町の、小さな駅の、小さなターミナルにぼんやりと立ち尽くす。離れていたのは二ヶ月程度なのに、見慣れた景色がやたらと懐かしく感じられた。

植えこみと木製のベンチに囲まれたささやかな噴水広場。平日だというのに、学生が何人か集まって話をしている。水に手を入れて遊ぶ子供を見守る母親。広場の向こうを薄荷色の市バスが走っていく。生まれ育った町の風景、その色、匂い、光。それらがやたらと感傷的に映るのは、またすぐにここを離れることになるからだ。恐らく、今度はもっと長く。

「歩くか」

気づくと、遠召が隣に立っていた。

「歩いて行こう」

言葉を足して言い直してくれる。高知は首を横に振った。

「暑いし、かなり距離もあるよ」

「いい。お前の町が見てみたい」

そっけなく言い、遠召はさっさと背を向けて歩き出した。言葉にしなくても遠召には伝わってしまう。小さな声でありがとうと言ったが返事はなかった。

キャップのつばで狭まった視界に、先を行く遠召のサンダルが見える。安い普段ばきで、まるでそこらにふらりと買い物に行く調子で歩いていく。やせた足、丸くこつりと浮かんだくるぶしの骨が愛しい。ふっと笑みが浮かんで、気持ちが落ち着いた。

「この川、よく釣りに来た」

川沿いを歩きながら、高知は光を反射して輝く水面を眺めた。

「なにが釣れるんだ」

「ニゴイやドジョウ。竿《さお》なくてもメダカやザリガニは手でとれる」

たも網や釣り竿を担いで、仲間と自転車に乗って、日が暮れるまで遊んだ。魚はすぐにリリースするが、ザリガニや亀は持ち帰った。家にはそれ用の小さな水槽がいくつもあり、母親と姉は臭いから持って帰ってこないでといつも文句を言っていた。

「遠召さん、釣りは？」

「したことない。充は生き物に触るのをいやがったから」

今度一緒にしようか。そう喉《のど》まで出かかり、かろうじて呑みこんだ。自分にはもう時間がない。はるか先にある『今度』のころ、遠召は自分のそばにいない。

「この川原、夕方は大人ゾーンになるよ」

「なんだそれ」

「夕方になると夕陽が水面に映って、川がオレンジ色に染まるんだ。日が沈むと今度は水面もあたりの空気も真っ青になって、雰囲気あるからカップルが集まってくる」

「お前も誰かと来たことあるのか」

「あるよ」

「いつ？」

「中二の夏」

「相手は？」

「剣道部の先輩。男。紺の胴着がすごく似合う人だった」

高知は川面《かわも》に向かって目を細めた。学校帰り、この川原で待ち合わせた。夕陽が落ちて、真っ青に染まった空と水面。あたり一面青色の空気にかくれるようにキスをした。

「年上で、きれいで、ひんやりしてて、遠召さんに似てた」

「へえ」

遠召はゆるく口元を持ち上げた。薄い唇が描くきれいな三日月のライン。ほっそりとした身体をシャツの中で泳がせながら、高知の少し先をゆったりと歩いていく。

「いい町だな」

川を渡る風に吹かれながら、遠召はポケットから煙草を出した。一本抜いて火をつける。川風に煙がさらわれ、長めの髪が風に舞い上がる。それを押さえる細い指。

流れるように美しい動作に見とれながら、ふっと心が折れそうになった。もう久のことなど忘れて、このまま警察に自首したらどうなるだろう。情状酌量はされるだろうか。執行猶予はつくだろうか。そうしたらこのまま遠召といられるだろうか。

「引き返すか？」

遠召が振り返り、高知は立ち止まっている自分に気づいた。なんでも伝わってしまうのも考えものだ。高知は首を横に振った。引き返せたらいいと思う。思うけれど。

「遠召さんは、いつでも引き返していいよ」

少しの間、見つめ合った。

「引き返す先なんて、俺にはない」

遠召はまた背を向けて歩き出した。薄い肩のラインがわずかに落ちていて、迷子の子供みたいな後ろ姿に胸が痛んだ。今すぐ駆け寄って、後ろから抱きしめたくなる。ひとりにしないよと、ずっとそばにいるよと口走ってしまいそうになる。

高知は歩きながらポケットに手を入れた。華奢な指輪に触れてみる。次に折り畳まれたナイフに。触れながら、自分の進むべき道を確認する。こっちだ。自分はこっちへ行く。

でないと姉が浮かばれない。父も、母も、自分自身も。

けれど——。けれど一方通行の力業であの男は反省などするだろうか。それぞれ違う物差しを持った人間同士が、自分の物差しを振りかざして話をしてみても、なにも伝わらないんじゃないか。けれど、じゃあ、どうする？　こちら側の悲しみや憤りは？　あの男を誰が罰する？

被害者は我慢するだけか？　でも、久を刺したら自分も加害者だ。じゃあ自分と久は同じなのか？　まさか、違う。そうか？　どこが違う？　久にだって身内はいる。自分が久を殺したら、その人たちは今の高知と同じ気持ちを味わうはずだ。でも、じゃあ、この怒りをどこに持って行けばいい？　あの男を許せないこの憎しみをどこに――。

思考がぐるりと一回転し、高知は迷子になったような心細さを感じた。

顔を上げると、前を行く遠召の背中がある。

自分と同じように頼りない。

迷子がふたり。行き先も分からず歩いて行く。

川原の草をさらさら鳴らしながら風が吹いていく。同じ方向に一斉に倒れていく草の先。ふわりと行き先を変えて、また流れていく。光るみどり。柔らかく、自在なその形。

かたくなで、いびつな今の自分たちには手が届かない。

久のマンションについたのは夕方だった。会社に電話をかけて確認したので、まだ帰宅していないのは分かっている。ふたりはマンションの斜め前のカフェで久を待った。

窓際の席に座り、高知は豪華なマンションを見上げた。姉の好みからはかけ離れたイタリア製の家具が置かれた室内。思い返すほど、久への憎しみは募っていく。

工房のことを考えると胸がつぶれた。両親と姉の思い出が詰まった工房。あれを売ることだけはなんとか思いとどまってくれないだろうか。それさえ約束してくれたなら、あの男を許すことができるかもしれない。いや、そうだろうか。工房と姉のことはやっぱり別だ。許せるだろうか。許せないだろうか。殺すんだろうか。殺さないんだろうか。

緊張で手のひらが汗で濡《ぬ》れる。心臓がかたかたと鳴っている。

注文しただけで手をつけられないコーヒーの向こうで、遠召も黙りこんでいる。

七時を回り、あたりが薄い青色に染まりだしたころ、見覚えのあるスーツ姿の男が通りの向こうから歩いてきた。久だ。ひとりではない。隣に誰かいる。以前、工房で見たことのある女だった。高知はレシートを手に立ち上がった。

「久さん」

ロビーに入る手前で声をかけると、久はびくっと足を止めた。声だけで誰か分かったのだろう、恐る恐る振り返る。その顔はもう強張っていた。

「……英利くん」

怯えと罪悪感の混じった表情。隣にいる女も、あとずさりながら久に腕をからめる。

寄り添い合うふたりを見て、頭の芯が怒りで痺《しび》れた。妻を自殺にまで追いこんで、それほど日も経たないうちに浮気相手を妻と暮らしたマンションに入れるのか。

「……あんたには、姉さんを悼む気持ちがないのか？」

身体の奥で爆発しそうなものを必死でこらえた。

「……し、仕方ないだろうっ」

久がいきなり声を荒らげた。

「妻に自殺された男が周りからどんな目で見られるか、お前に分かるか。その上、妻の身内に刺されたなんて会社や取引先でも色眼鏡で見られて、俺だって毎日針のむしろだ」

罪悪感の裏返しなのか、久は堰《せき》を切ったように怒りだした。

「同情してほしいのはこっちだ！　あんな事件があったあとじゃ、工房だってすぐには売れやしない。このマンションだってそうだ。あいつが当てつけがましく風呂場で手首なんか切るから、傷物扱いで売りに出してもろくな値がつかない」

高知は茫然と久と対峙《たいじ》した。怒りを通り越すと、逆に身体が冷えていくということを初めて知った。こんな男のために姉は死んだのか。両親の形見ともいえる工房もいつか人手に渡ってしまうのか。こんな最低な、こんな生きる価値もなさそうな男のために。

高知は無意識にポケットに手を入れた。指先がナイフに触れる。その下にある指輪。全身の感覚が鈍くなっていく中で、そのふたつだけが存在感を増していく。久がそれに気づいた。

「……お前、なに持ってるんだ。……警察、警察呼べ！」

久が女を怒鳴りつける。女はバッグから携帯を取り出し一一〇番にかける。

慌てふためくふたりの様子を眺めながら、指輪、ナイフ、指輪、ナイフ、高知の指先はそのふたつのフォルムを交互に辿る。

無表情に一歩踏み出すと、久はびくりと後ろに下がった。

「おい、ま、待てよ、落ち着けよ。金はちゃんと半分にするから、な?」

恐怖に引きつりながら、久は愛想笑いを浮かべる。この期におよんで金なのか。こんないやしい男のために、姉は死んだのか。怒りが頂点に達し、手がナイフをつかんだ。

――おおらかな人なの。

ふいに姉の言葉がよみがえった。

姉は優しいが、神経の細い人だった。小さなところにも妥協せず突き詰めていくような。それが仕事ではプラスに働いたが、プライベートではやりづらいことも多かったようだ。そんな姉の目に、この男は『おおらか』と映ったのだ。

――私がくよくよしてると、大丈夫、なんとかなるさって言ってくれるの。すごくあっけらかんってしてて、くよくよしてる自分がばかに思えて元気が出るの。

姉の目には、久はそういう男に見えていたのだ。けれど久の言葉に裏付けはない。『なんとかなる』まで『自分でなにかする』のではなく、他人の助力や金をあてにする。ただの薄っぺらな他力本願な男だ。

それでも久が本気で姉を愛していれば、お互いのマイナス面がプラスに働いていたかもしれない。甲斐性《かいしょう》のないだらしない男でも、繊細な姉の精神面の支えになって、結婚生活はうまく回ったかもしれない。そして姉が久を本気で愛していなければ、こんな最悪なことにはならなかった。くだらない男だと愛想を尽かして、離婚すればよかっただけの話だ。

久に愛情さえあれば。姉に愛情さえなければ。愛情さえ——。

じわじわと、怒りが悲しみに浸食されていく。目の前の男との間に埋めようのない溝を感じる。どれだけ言葉を尽くしても、分かり合えない相手というものがいる。それが現実だ。高知はポケットから手を出し、それをにぎりこんだ拳ごと久の前に突き出した。

「……っ！」

久がとっさに両手で頭を庇《かば》う。同時にやめろと後ろから抱きつかれた。

腰に回された遠召の細い腕。高知はにぎっていたものを落とした。かちんと硬い音がする。それは床の上で光をまき散らしながら回転して倒れた。四人の間に沈黙が落ちる。

「………………指輪？」

久が恐る恐る薄目を開ける。足元を見て、拍子抜けした顔をする。背後の腕も離れ、高知はダイヤモンドが一周する華奢な指輪を拾い、久の眼前に示した。

「これ、なにか分かるか？」

冷めた目で問いかける。

「姉さんが最後に作ってくれた、俺の結婚指輪だ」

「……？」

状況を理解できず、久は怪訝そうにこちらを見ている。

「きれいだろう。すごく」

高知は光る指輪を見つめた。

「姉さんにとって、愛情は、こんなにきれいなものなんだ」

——お前には一生分からない。

愛に価しない男の目から、美しく輝く指輪をかくすように、高知はきゅっと手のひらをにぎりこんだ。もうこの男の顔は見たくない。遠くからサイレンが聞こえる。

「エリ」

後ろから腕を引かれた。遠召と目が合った瞬間、現実感が戻ってくる。

言葉はいらなかった。高知の手を引いたまま、遠召はくるりと踵《きびす》を返す。高知も無言で走り出した。しっかりと手をつなぎ、暮れかかる青色の町をふたりで駆け抜けていく。

右手に光る指輪をにぎりしめ、左手は遠召につながれている。

けれど自分たち自身は、世界のどこともつながっていない。

遠召結生　Ⅳ

長い間、町はサイレンの音で騒がしかった。

殺人未遂の容疑者が再び被害者の前に現れ、そのまま逃走したのだから当然だ。警察が張っているので駅には行けず、無線で情報が回るのでタクシーも使えない。路地へ路地へと逃げ込む中、鍵《かぎ》の壊れた古い自転車を見つけたのはラッキーだった。

静かな夜道を、車輪の軋《きし》む細い音が進んでいく。取り立ててさみしくもなく、にぎやかでもない裏通り。さっきまで聞こえていたサイレンの音も遠ざかり、今はきいきいと自転車のブレーキが軋む音だけが耳をかすめる。自転車の前には、ゆがんだかごがついている。

「細くなってきてないか」

荷台に腰かけ、遠召《とおめ》は高知《たかち》の背中から首だけ出して道の先を見た。

「大丈夫、この先もつながってる」

高知が答える。地元なので道のことは任せていい。なのに暗い夜の中、きいきいという鳥の鳴き声みたいなさみしい音に心細さが生まれる。

「それより遠召さん、お尻痛くない？」

少しの間を挟み、遠召はくっと笑った。

「なんで笑うの」

「この状況で尻の心配か」

高知もほんとだねと笑った。笑っているうち、だんだんと心が軽くなっていく。さっきまでの心細さが緩和されていく。どんなときでも健全さを失わない男だと思った。

けれどそんな男が、今は犯罪者として追われている。

犯罪者と一般人を分ける細いライン。自分たちはその上を走っている。進むたび先細っていく道と知っていて。遠召は大きな背中に額をつけてもたれた。

「……さっき」

高知が呟《つぶや》いた。

「ん？」

「さっき、どうして俺を止めたの」

なぜだろう。改めて問われると自分でも不思議に思えた。

高知が殺人犯であろうと聖人だろうと、遠召にとって高知という男の価値や意味は変わらない。だから止める必要もなかったはずだ。けれど——。

あの一瞬、充《みつる》の喉《のど》に手をかけたときのことがよみがえった。充の首をしめながら、自分の首もしめていた。ふたりして泥水に頭まで浸《つ》かっていくような、真っ黒に閉ざされていく世界。怖かった。叫びたいほど悲しくて、なぜか――。

「お前が……」

自分に見えた、と言いかけて止めた。そこまで筋道立てて考えたわけじゃない。一瞬のことでそんな余裕もなかった。勝手な後付けでそれっぽい理由をつけることもしたくない。

「俺が？」

高知が続きを問う。

「分からない。身体が勝手に動いた」

正直に答え、それから少し考えて、「お前は？」とたずねた。

「俺？」

「あのとき、どうしてナイフじゃなく指輪を出した」

沈黙が落ちた。きいきいと自転車が鳴く音だけが夜に響く。

「さあ。俺も分からないよ。でも……」

高知は考えるように間を空けた。

「交わらないことが分かった」

「交わらない？」

「ちゃんと話し合えば心は通じるとか、相手の立場になれば理解できるとか、嘘《うそ》だ。どうしても理解できない、交われない相手がいる。俺とあいつはそうだ。どこにも接点がない」

高知はひとつひとつ、ゆっくりと言葉をつないでいく。

「あいつを殺しても、俺は悲しいまんまだよ。姉さんのことも、工房のことも、多分、なにをどうしても気はすまない。どんだけ時間が経っても悲しいし、悔しいし、俺は、後悔とか色んなもの抱えて生きてくんだと思う。けどそれは俺の人生で、あいつとはなんの関係もないところで流れてく。関係したい気持ちも全然ない。それが見えた気がした」

細い路地。ゆるいカーブを自転車は軋みながら曲がる。

「けど関係ないことと、許すこととはまた違うんだよね。おかしいよな。関係ない男を、俺はこれからもずっと許せずに生きていくんだ。それっていつまでかな。中年の腹の出た親父になっても、俺はあの男を許せないのかな。縁側で茶飲んでる爺《じい》ちゃんになったらどうかな。まだ許せないかな。しんどいよね、そういうの。しんどいけど……」

「けど？」

「どうすれば楽になれるのか、よく分かんないよ」

高知は途方に暮れたようにつけ足した。

錆《さ》びた自転車の荷台に乗りながら、遠召は空を見上げた。

なんだか、自分も高知も長いトンネルに入ってしまったような気がする。いつまでこういう状態が続くのか、いつ出られるのかは分からない。きっと長い時間がかかる。

布団に潜りこみ、獣のようなうなり声をあげていた充。あの瞬間、遠召を包んだすさまじいほどの虚脱感。なにをどうしても、家族や充との過去を忘れることなどできない。ドラマのように円満に解決などするわけがない。いいものも、わるいものも、きれいなものも、ゴミみたいなものも、平等に、捨てることもできず、自分の手に抱えて歩くしかない。

「遠召さん、俺」

高知がぽつりと言った。なんとなく先を聞きたくない。

「自首するね」

やっぱり聞かなければよかった。

「ずっと一緒にいられなくて、ごめん」

高知があやまる。遠召はなにも答えない。答えられない。

仕方ないと納得しているのに、錐《きり》をねじこまれたように胸が痛い。その深さに驚く。痛みには慣れている。けれどこんな痛みは知らない。痛すぎて呼吸も止まる。

「でも、あと一日だけ。一日だけ一緒にいよう」

高知は明るく言った。無理が透けている。

「ああ」

遠召は高知の背中に額をつけた。

暗い夜の中を、古びた自転車が進む。

BGMみたいに鳴る、きいきいという細い音。

深い森に棲《す》む、つがいもない鳥の鳴き声のようにさみしい。

きいきい、きいきい、きいきい。

頭上には星のまたたく夜空が広がっている。

光る夏の大三角。こと座のベガ。わし座のアルタイル。はくちょう座のデネブ。けれど自分たちは空の下、光の速さでは進めずに、暗くて細い路地を自力で走っていく。


おんぼろの自転車で走り続け、高知の町から七駅目あたりで真夜中のドライブは終わりを告げた。チェーンが外れてしまったのだ。

「どこか目立たない場所で始発を待つか」

「始発は人が少ないから逆に目立つよ。近場の駅には全部情報が回ってるだろうし、通勤時間帯のほうが混むから紛れられていい。その前に着替えられたらいいんだけど」

歩きながら相談する中、二十四時間営業の総合ディスカウントストアを見つけた。顔が割れているかもしれない高知を外に待たせ、遠召がふたり分の服を適当に買ってきた。住宅街から少し奥まったところの公園で着替え、隅の目立たないベンチで朝を待った。

「今日はなにか楽しいことをしよう」

高知が言い、遠召もうなずいた。けれど楽しいこととはなんなのか、遠召にはあまり思いつかない。楽しみの少ない生き方をしてきたのだと、改めて思い知る。

東の空が白みはじめたころ、近くのつつじの植えこみの下に、黒い子猫が寝ていることに気づいた。猫だと高知が嬉《うれ》しそうにそばにしゃがみこみ、すぐに眉《まゆ》をひそめた。

「こいつ、腹が……」

よく見ると、その子猫は寝ているのではなく、倒れているのだった。喧嘩《けんか》か事故か。腹が破れて、血で毛がかたまっている。ぶるぶると震えていて、まだ息はあるが危なそうだ。高知がさっき脱いだ服をゴミ箱に取りに行き、子猫をくるんだ。

「こうしてれば、少しはあったかい」

高知がそっと胸に抱く。遠召は公園の出口にある自動販売機へ行った。あたたかい飲み物を服の隙間《すきま》に入れてやろうと思ったのだが、夏なので冷たい飲み物しかなかった。

朝になったら動物病院を探して、金と一緒に子猫をあずけに行くことに決めた。付き添ってやりたいが、今の状況では無理だ。ごめんな、すぐ医者に見せてやるからな、がんばれ、高知が何度も声をかける。けれど東の空が明るさを増していく中、子猫は息を引き取った。夜明けを待たず、一度も鳴くこともなく、静かに震えるのを止めた。

「……埋めてやろう」

声をかけると、高知は子猫の小さな頭をそうっとなでた。

「うん。けど、せめて景色のきれいなところにしてやろう。なんもしてやれなかったから」

ひどく悲しそうな横顔。高知には似合わない。遠召は黙ってうなずいた。

通勤ラッシュの時間を待ち、服にくるんだ子猫を抱いて公園を出た。途中のコンビニで紙袋と氷を買い、そこに子猫を入れて冷やして列車に乗りこむ。場所は決めないまま、南へ行こうとだけ話し合った。南は明るそうでいい。

名古屋《なごや》あたりで乗客の言葉のイントネーションが変わった。遠くに来たんだなと唐突に気づき、緊張が抜けていく。子猫の入った紙袋を膝《ひざ》に置き、遠召は流れる風景を眺めた。

朝から三度乗り換えて、もう昼すぎになっていた。

逃亡中、猫を拾い、景色のきれいな場所に、埋葬しにいく。

言葉を適当に組み合わせるゲームみたいに、していることに脈絡がない。けれど必要なことだった。世界のどこともつながっていない、今にも風に飛ばされてしまいそうな紙のように薄っぺらい自分たちを、子猫の形をしたペーパーウェイトがかろうじて押さえてくれている。けれど、子猫もまた紙なのだ。

「エリ、氷がとけてきた」

遠召は紙袋をのぞきこんだ。残暑、車内は冷房がきいているが、それでも子猫の下に敷いた氷はじわじわととけてくる。乗り換えのたびに氷を買い足してもう十袋目だった。

「氷買いに、次で降りるか」

問うと、高知は考えるような顔をして窓を見た。目を眇《すが》め、あ、と呟く。

「海だ」

遠召も窓を見た。本当だった。ごみごみした街並みの向こうにちらりと海が見える。

「もうすぐ終点だから、そこで降りよう。多分、海辺の町だよ」

終点。遠召は窓の外を凝視した。辿《たど》り着いたという喜びよりも、不安が頭をもたげた。

きっと、きれいなところだよと高知が呟き、そうであるようにと遠召も願った。


終点は、どこにでもある地方の町だった。ごみごみした灰色の建物が並ぶ駅前。チェーンのハンバーガーショップ。落胆が胸に広がる。しかし潮の香りだけが濃く漂っているのが不思議だ。駅員に聞くと、バスで少し行ったところに漁港があると教えてくれた。

「なんもないけど、のんびりしたええとこですよ」

高知がこちらを見たので、遠召はうなずいた。駅員に礼を言い、教えてもらった停留所からバスに乗った。しばらく走るうち、潮の香りがする理由が分かった。町の中を縦横無尽に用水路が走っているのだ。全ての水路が海につながっているのだろう、あちこちに小舟が係留してありと、漁の網などが干してある。

「ここ、魚おいしいだろうなあ」

「多分な」

「夜、舟盛りしたいな。魚がぴちぴち跳ねてるの」

高知が嬉しそうに話す中、バスが角を曲がり、途端、窓いっぱいに海が広がった。

あ、とふたり同時に呟き、身を乗り出して海を見た。光をはね返す明るい午後の海。

教えてもらった漁港前でバスを降りると、潮の香りが一層濃くなった。

午後二時、小さな港は静かだった。コンクリートで固められた船着き場に、漁を終えた船が何艘《そう》も停まっている。ゆるやかな湾の内側で海に突き出るように防波堤が伸び、うみねこが細くねじれた声で鳴きながら青い空を飛んでいた。

「あー……、すごい、きれい」

高知が呟き、遠召も眩《まぶ》しい景色に目を眇めた。客観的に見れば、白い砂浜もなく、油の匂いのする漁船が舳先《へさき》を並べているありふれた田舎の海だ。けれど今の自分たちにとっては、この瞬間ここが最高の海になった。比べるものが他になにもない。

「もう少し待ってろよ。ちゃんと景色が見えるところに行くからな」

高知は紙袋を持ち上げ、中をのぞきこみながら囁いた。

「じゃあ、あそこらへんか」

遠召は小高い山を指さした。漁港を囲むように人の暮らす町があり、そのすぐ背後に山が迫っている。本当に小さな港町だ。波音を聞きながら、山側へぶらぶら歩きだした。

立ち並ぶ家は、どれも潮風にさらされて傷んでいた。途中にあったスーパーの看板も錆《さ》びついている。山に近づくにつれ畑が増え、道ばたの棚に『ご自由に』と書かれた野菜が置いてある。きゅうり、トマト、なす。トマトを二個もらい、かじりながら山道を十分ほど登ると、海に向かってひらけた場所を見つけた。濃いピンク、黄色、白、色鮮やかなオシロイバナが群れになって咲いていて、そこに埋めてやろうと決めた。

「名前、つけてやろうよ」

拾った棒で穴を掘りながら、高知が言った。

「名前もないなんて、かわいそうだ」

「そうか。じゃあクロで」

高知は不満そうに唇を尖《とが》らせた。

「そのまますぎるよ。もっとちゃんと考えて」

「え、じゃあ、タマ……オとか」

「今、タマって言って、それも単純かと思って無理矢理『オ』つけなかった?」

図星だったので、遠召は憮然《ぶぜん》と黙りこんだ。

「そういえば遠召さん、俺を居候させてくれるって言ったときも、コロとかポチとかなんでもいいから名乗れって言ったよね」

「さあ、覚えてない」

「適当な人だと思ったけど、ネーミングセンスがないだけなのかな」

遠召はむっとした。

「じゃあ、お前がなにかいい名前を考えろ」

「そうだなあ、オハギは？」

「ぼてっとしてて、子猫には似合わない」

「そう？　じゃあカリントウはどうかな。しゅっとしてるよ」

「食いものばっかりか。それに色だけで決めてないか」

「クロやタマオの人に言われたくないよ。はい、もうカリントウに決定」

くだらないことを話しながら掘っていたら、かなり大きな穴になってしまった。ふたりで顔を見合わせ、なんとなく笑い合った。紙袋からくるんでいた服ごとカリントウを出す。

両手のひらに乗るくらいの小さな黒い猫。太陽の下で見ると、やせっぽっちの身体は黒ではなく、焦げ茶っぽいグレイだった。わずかに口が開き、欠片《かけら》みたいな歯が見える。つぶられた目。あどけない眠っているような表情。けれど身体はすっかり固くなってしまった。

「ほら、カリントウ、海だぞ」

高知が手を持ち上げて、カリントウに海を見せてやった。遠くの水平線から潮の香りのする風が吹いて、あたりの木の葉がしゃらしゃらしゃらと音を奏でた。

ふたりで交互に頭をなでてから、服にくるまれた小さな身体を穴の底にそっと横たえた。上からふかふかに土をかけ、オシロイバナを摘んで供える。手を合わせている間もずっと、しゃらしゃらと葉ずれの音がしていた。いい場所だった。

「もう少し早く出会ってたらな」

小さな墓を見下ろし、遠召は言った。カリントウに言ったのだが、隣にいる男に言ったような気もする。もっと早く高知と出会っていたら。そうしたら――。

「遠召さん」

声をかけられふっと我に返った。

「ん？」

見上げると、抱きしめられた。

高知が顔を寄せてくる。そっと唇が触れ、
と息だけで囁かれた。（そばにいられなくて）ごめん。（ひとりにして）ごめん。

「ごめん」

胸が痛くなった。昨日も感じた、錐でねじこまれるような鋭い痛み。

優しい声で、高知はひどく残酷なことを言う。

山を下りて、今夜の宿を探して町の中を歩いた。

民宿と書かれた看板が上がっている民家を見つけ、庭仕事をしている奥さんらしい人に声をかけた。泊まりたいのだと言うと、奥さんははいはいと笑顔でうなずいた。

「こんな時間やし、ご飯たいしたもんできひんけどええ?」

「はい、急ですみません」

「うちはええよ。けどまあ珍しい。夏はぼちぼち釣りのお客さんが来はるけど、こんな九月の平日に。学生さん?　なんか海とか調べはるの?」

そうですねえと適当に返事をし、広々とした敷地を横切っていく。敷地には建物がふたつあり、ひとつが家族が暮らす民家、もうひとつ奥にある建物が民宿になっていた。他に客はいないので好きに使っていいと言われた。食事は七時ごろ運んで来てくれるらしい。

案内されたのは二階の一番広い部屋で、畳敷きで大きな窓がふたつあった。いっぺんに開け放すと風が通り抜け、潮の香りと波の音が部屋に満ちる。

「エリ、向こうに砂浜が見える」

窓から身を乗り出して指さすと、高知が後ろに立った。本当だと言いながら遠召の細い腰を抱いてくる。顎《あご》に指をかけられ、振り仰ぐとキスをされた。

「なんか新婚旅行みたいだね」

のんきなことを言うので、遠召は声をひそめて笑った。

「どうして笑うの」

そう言いながら高知もくすくす笑う。腰を抱き寄せられ、後ろから耳たぶをかまれた。甘い痛みが走る。遠召は首をねじって、自分から高知にくちづけた。

それから外に出て、窓から見えた砂浜をふたりで歩いた。整備されていない、がらんとした荒々しい、けれど自然のままの海岸だった。波打ち際、引いていく波を追いかけて、打ち寄せてくる波から逃げて、流木や貝殻を拾いながらぶらぶらと歩く。何分かに一度、強い海風が吹き、遠召の長目の髪はくしゃくしゃになった。笑いながら高知が指で梳く。

「遠召さん、ほら」

高知は流木を手に、波打ち際の砂浜になにか線を引きはじめた。流線型。いびつなハート。その中に「Y」「U」「I」。そして「L」「O」「V」「E」。

中学生でもしないようなばからしい落書きに遠召は呆《あき》れた。自分も流木を拾い、高知を真似て砂浜に線を引いていく。「B」「A」「K」「A」。そして「E」「R」「I」。

ひどいなあと高知は笑い、ふたつの落書きの間に、もうひとつ絵を描いた。へたくそな猫の絵で、アルファベットでカリントウと名前を入れる。

「意味不明だな」

「俺たちが分かってればそれでいいよ」

その通りだ。自分たちさえ分かっていればいい。遠召はうなずいた。

「もっと派手に飾ろう」

高知が言い、ふたりで飾りになるようなものを探した。貝殻は結構落ちているが、どれも黒っぽいものばかりだ。もっときれいなものはないかとついつい足を伸ばす中、白地に薄紅の縞模様の貝殻を見つけた。あたりに同じ貝がたくさん落ちている。

「エリ、ここ――」

振り向くと、高知の姿がなかった。

――え？

きれいな薄紅の貝を手に、遠召は茫然《ぼうぜん》と立ち尽くした。

瞬間、空白になった気持ちを言葉にすることはできない。

なにもない。からっぽ。自分自身すらなくなったような薄っぺらな透明さ。

死んでしまう。とても自然にそう思った。すうっと指先が冷たくなる中、岩場の陰から高知が現れた。遠召は貝を投げ出し、はじかれたように駆け出した。

「エリ！」

ぶつかる勢いで、高知の胸にすがりつく。

「遠召さん？」

驚いている声。顔を上げると、ぶわりと視界がにじんだ。高知が目を見開く。自分でも驚いた。涙はあとからあとからあふれて、止まらなかった。

「……エリ」

呼ぶ声が震えた。

「……エリ、……エリ」

必死で高知にしがみつき、震える声で名前を呼ぶしかできない。

どこにもいかないでほしい。そばにいてほしい。間違っていてもいいから。そばにいてくれるならなんでもする。高知がいない世界。それを思うだけで死にたくなる。もう手遅れだ。以前の暮らしには戻れない。自分は高知と出会ってしまった。

「……もう、ひとりはいやだ」

みっともなくひしゃげた声で訴える。高知が唇をかみしめた。

「ひとりにするくらいなら、ここで殺してほしい」

もう二度と、あの暗い場所に自分を帰さないでほしい。両手で高知のシャツをわしづかみにしてしがみつく。涙も止まらない。ばかみたいにしゃくりあげていると抱きしめられた。すごい力に背中の骨が軋む。いっそ抱きつぶしてほしいと思った。

高知が遠召を引きずるように海へと歩き出す。ざぶざぶと水の中へと入っていく。死ぬのかと思った。それでもいいと思えた。高知と一緒なら――。

「あー、気持ちいいなあ」

大きな声が聞こえた。悲壮感で凝り固まっていた胸が瞬間ゆるむ。見ると、高知は笑っていた。力強い笑顔だった。力をこめすぎて強張《こわば》っている。強い意志で作った笑顔。

「遠召さん、泳ぎは得意？」

首を横に振る。

「じゃあ、しっかりつかまってて」

胸まで水に浸かると、高知は遠召を抱えたますうっと泳ぎだした。海水浴場のようにゆるやかに深まっていかず、少し進んだだけですとんと深くなる。岸はすぐそこなのにもう足がつかない。ゆらめく水の底、得体の知れなさにわずかに心細くなる。

「大丈夫、離さない」

大きな手が、水の中で遠召をしっかりと抱きしめる。

「絶対、離さないから」

形なくゆれる波に紛れて、高知は力強く繰り返した。

波が来るたび、ゆらりと身体が浮かび上がる。過ぎるとまたゆらりと沈む。大きすぎるものに包まれて、流されるまま、高知とふたりで上がったり下がったり、不思議な浮遊感。心もとなさと安心感が同居している。ふと、羊水の中に浮かぶ胎児はこんな感じなのだろうかと考えた。少しずつ気持ちが凪いでいくのが分かる。

「遠召さん、あっち、すごいきれいだよ」

うながされ、高知の腕の中で首をひねって沖を見た。

遠召はぽかんと小さく口をあけた。

水平線に沈みかけの夕陽。

水面と平行にまっすぐなオレンジの光が目を射る。

頭上ではキューキューと鳴きながらうみねこが旋回していた。

海。

空。

さえぎるもののなさに眩暈がした。怖いくらいに広くて、どこにもゆがみがない、美しく調和した世界。その中ではじかれることもなく、ごく自然に自分がいる。ひとりじゃない。高知とふたりでいる。ふたりでここにいる。言葉にできない感覚に茫然とした。

「きれいだね」

高知が嬉しそうに言う。

遠召はうなずいた。うなずくしかできない。ばかみたいに。

高知はぼんやりしている遠召を抱きしめて、湿った髪に鼻先をうずめてくる。

なめらかな水の中で、目に映る景色はとんでもなくきれいで、優しい笑顔や、あたたかい腕が自分に触れている。ちゃぷりと、波がぶつかるまろやかな音が耳元でする。

身体のどこも冷たくない。自分に触れるどれもが痛くない。

初めての感覚に戸惑いながら、今まで自分が触れたことのある、『愛情』を思い返した。それがなければ自分はひとりぼっちで、けれど触れるたび、遠召を果てしなく冷やして孤独にさせたそれ。がんじがらめに遠召を縛りつけていた、愛情に似たなにか別のもの。

高知の手は違う。あたたかく、優しく、自分を抱きしめる。

強い力で、なのに痛みはなく、ただしっかりと自分をつなぎとめている。

つなぎとめられているのに、どこにでも行けそうに自由で、孤独を感じない。

不思議だった。本当に不思議だった。言葉もないほど。初めて外に出た子供みたいに、ぽかんと目と口を開けたまま、遠召は薔薇色《ばらいろ》に染まる世界を見つめ続けた。

逃げて、逃げて、ようやく辿りついた最後の場所。

ここは、怖いくらいに美しかった。


宿に帰り、ずぶ濡《ぬ》れの服を風呂場で洗い、一緒に湯船に浸かった。そなえつけの浴衣に着替えたりしているうちに夕飯の時間になり、奥さんが膳《ぜん》を運んできてくれた。

たいしたものはできないと言っていたのに豪華だった。半透明の石鯛《いしだい》の刺身、レモンで食べる岩ガキ。サザエの壺焼《つぼや》き。味噌汁《みそしる》は赤だしで脂ののった白身魚が入っていた。

「おいしそうだね」

部屋のテーブルに並んだ料理を眺め、高知が嬉しそうに笑う。遠召もうなずいた。いただきますと手を合わせ、ふたりでビールを一本空け、海辺の夕食を食べた。

あまり話はしなかった。おいしいねとか、殻に気をつけてとか、ぽつりぽつり、雨だれみたいに言葉をつなぐ。それだけで充分満ちたりていた。

膳を下げに来てくれた奥さんにおいしかったと伝えると、奥さんは嬉しそうに、魚だけが自慢やしねと笑った。布団も敷いてくれて、奥さんについてきた宿の子供が「うちのよりふかふかー」と敷いたばかりの布団に寝ころんで叱《しか》られていた。高知と遠召は笑った。

「あー、布団さいこー。ふっかふか」

ふたりきりになった途端、高知が布団に寝ころんだ。

「子供と同レベルだな」

遠召も隣に寝ころんだ。ふたりで仰向けに並び、天井の木目をなんとなく眺めた。木目の模様がおじいさんの顔に見えると高知が言う。変なことを言うなと言うと、「怖いの？」と高知が覆いかぶさってきた。笑いながら、ゆっくり唇を寄せてくる。

「……電気」

遠召は言った。白く光る蛍光灯。蚊が何匹か周りを飛んでいる。高知は身体を起こし、蛍光灯から垂れる紐《ひも》を引っぱった。ぱちんと音がして部屋が暗くなる。視界が閉ざされ、潮の香りと波音が強くなった。開け放した窓から潮風が吹きこんで、優しく頬《ほお》をなでていく。

「遠召さん」

低い穏やかな声。大きな影が身をかがめ、唇をふさがれた。何度も何度も、飽きることなく交わし合う。ゆっくりとしたキスに反して、体温はたちまち上がっていく。

「……エリ」

弱い月の光が室内を青く映し出し、だんだんと視界がなじんでくる。

「エリ、もっと」

頬を両手で挟んで、しっかりと唇を合わせる。大きな手が、遠召の小さな頭を両端から挟みこむ。熱を含んで唇がふっくらと厚みを帯びてしまうほど何度もくちづけた。

遠召の身体のへこんだ部分に、高知の身体がはまりこむ。高知の身体のへこんだ部分に、遠召の身体がはまりこむ。小さな部分をつなげなくても、全体でひとつのものになれた。

信じられないほどの満足感と、もっと深くつながりたい欲望。

高知の下肢に手を伸ばすと、腕をつかまれた。

そのままくちづけばかり深くされ、じれったさに背中を軽く一度ぶった。

「ごめん。でも、ゆっくりしたい」

高知が言った。

「一晩中、朝まで、遠召さんとしたい」

耳元で囁かれ、三半規管がいかれたようにくらりと眩暈がした。

高知と、朝まで。想像するだけで、身体の芯《しん》に火を入れられたように熱くなる。

心と身体はつながっているのだと、当たり前のことを初めて思い知った。

充のときは逆だった。限界まで拒絶する心と、強制的に快感を叩《たた》きこまれる身体。心と身体はバラバラに切り離されて、長い間、自分を肉の人形みたいに感じていた。

今は、心と身体は一緒になって自分を組み敷く男をほしがっている。触れ合った肌から生まれた熱は深い場所にまで沁みこんで、形のない感情の温度まで上げていく。こんなに自然で単純なことを今まで知らなかった。

「無理だ」

高知の首に腕を回し、しがみついたままぐっと引き寄せた。

「待てない。早くしたい。もう苦しいから、早く……」

心からの懇願に、高知が息を詰めた。

「……遠召さん」

うちから湧くなにかをこらえるような、熱のこもった声。

一瞬あと、嵐が起きた。荒々しく浴衣の前を割られ、膝裏に手が入る。そのまま逆さまになるほど持ち上げられ、開かされた足の間に高知が顔を伏せてくる。普段は閉ざされている窄《すぼ》まりに口づけられ、遠召は目を見開いた。

濡れた舌でその場所をつつかれ、ほっそりとした足が宙で跳ね上がる。必死で身をよじっても、腕に巻きこむように足を担ぎ上げられているのでろくな抵抗にならない。

目を開けると、自分がされていることがいやでも目に入った。

大きく足を開かされ、あらぬ場所に口淫を受けている。恥ずかしさに目をつぶると、今度はされていることをリアルに感じてしまう。どうしていいか分からない。

「や、やめ……、っあ」

蕾《つぼみ》の周りをなぶっていた舌が、ゆっくりと圧をかけはじめる。どれだけ拒んでも、生き物のような舌はぬめりながら入りこんでくる。幾度も唾液《だえき》を注がれ、たっぷりと濡らされる。止めてくれと訴えながら、性器の先端には丸い蜜《みつ》が浮かびはじめた。

「……っう、ん、あ」

舌が抜かれ、また違う異物の感触。未知の生き物みたいだった舌よりも、しっかりとした質感をともなった——指。浅い場所で折り曲げられると、爪先まで痺《しび》れるような快感が走る。

ほぼ逆さまの体勢で、性器からしたたり落ちた蜜が胸元へと流れていく。

高知の指がそれをすくいあげ、胸の小さな突起に塗りこめた。

指先でこね回され、そこは恥ずかしいほどかたく尖ってしまった。

じりじりと高みへと押し上げられる。熱を送りこまれるばかりで、吐き出すことを許してもらえない。すすり泣きみたいな声がもれる。

「エリ、も……、おかしくなる」

途切れ途切れの訴えに、やっと窮屈な体勢がほどかれた。高知が浴衣の前をはだけて、取り出したものを背後に押し当ててくる。それだけでぞくりと戦慄《せんりつ》が走った。少しずつ圧迫が増していく。狭い場所がくぷりと口を開け、高知が入ってくる。

――――。

瞬間、持っていかれてしまった。きつく目を閉じて、身体を震わせながら遠召は達した。まだ全てを迎え入れてもいない。中途半端に高知をくわえたまま、断続的に甘ったるい蜜を吹きこぼす。こんなことは初めてで、思わず顔の上で腕を交差した。

「かくさないで、全部見せて」

強く手首をつかまれ、シーツに縫い止められた。身動きできないまま、達している最中の身体の中に猛りきったものが入ってくる。目が眩《くら》むほどの快感に歯を食いしばった。

「……あ、あ、あ」

ゆっくり腰をつかわれると、足の裏まで焼けて熱くなる。

これ以上はないと思っていた臨界点を、高知は呆気《あっけ》なく超えてくる。

与えられる快感が大きすぎて、食いしばっていた歯はとっくにほどけた。熱が出たように頭がぼうっとする。閉じられない口から、頼りないばかりの声がもれる。

エリ、と何度も名前を呼んだ。

もっと、と何度も懇願した。

頼むから、お願いだから、離さないでほしい。もうひとりにはなりたくない。

願うたび、高知は誠実に行為を深くしていく。嵐に舞う紙切れのような遠召の上に、ぱらぱらと汗が降ってきた。太陽と塩とミント。高知の味のする雨粒がしみこんで、紙切れ一枚の身体が湿って重くなる。現実に飛ばされてしまわないほどの重みを持つ。

されるがままにゆらされる最中、高知が動きを止めた。

身体の奥に熱を放たれる感覚に気が遠くなる。

単純な喜びが身体の芯まで沁み渡って、きつく高知を抱きしめた。深くつながったまま、音の立つキスを交わす。言葉はない。唇はくちづけを交わすのに忙しくて、代わりに重なった肌全てが好きだと告げ合っている。

ふいに高知が身体を起こす。離れないでほしいと伸ばした手と、おいでと伸ばされる手。ふたつの手はつながれて、遠召は軽々と引き上げられた。高知の膝に乗り上げる格好で、ひとつにつながったまま、また飽きずにくちづけた。

キスの合間に、好きだ、と何度も囁かれる。

きれいだと髪を梳かれる。かわいいと睫《まつげ》を食《は》まれる。

言葉で、身体で、心ごとくるまれる。

際限なく注がれる愛情に、どう返していいのか分からなくなった。身体を抱かれることは恥ずかしくないのに、心を抱きしめられることには慣れられない。

「好きで、好きで、たまらない」

遠召の鼻先に、高知は自分の鼻先をこすり合わせてくる。恥ずかしいのに、つまらない照れで心を逸《そ》らしている時間は自分たちにはない。全部、正面から受け止めた。

「好きだよ。すごく好きだ。初めて会ったときから夢中だった。こんなきれいな人は初めてだって、ばかみたいに遠召さんのことばっか盗み見てた」

素直な告白に胸が熱くなる。遠召は高知の首に回した腕に力をこめた。

「俺には、お前が全部だ」

吐息すら届く距離で、きちんと目を見て告げた。

なにも大げさじゃなかった。空も、海も、世界も、今までずっとそこにあったのに、本当には見えていなかった。高知に出会って初めて見えた。形や、色や、匂いや、肌触り。世界は冷たく暗いものではないと、長く生きてきたのに、今日、初めて知った。

「……遠召さん」

高知が笑う。熱に浮かされたような赤い目元が愛しい。

高知の頬に両手を添えて、遠召はなぞるように輪郭を辿った。

この男は、自分にとっての愛の形をしている。

だから指先に高知を沁みこませる。

耳の形、頬から顎、首筋。肩から腕をすべり落ちて、脇腹、裏の背中へと。

けして忘れないように、何年離れても、けして忘れないように。

夜の海を漕いでいく船のように、ゆらゆら、ゆっくりと時間が進んでいく。

抱き合って、少し眠って、また起きて抱き合う。そのうち空が明るい青に染まりだし、ふたりで布団の中にかくれるようにもぐりこんで抱き合った。もうすぐ朝がくる。

「お世話になりました」

「また来てくださいね。冬の魚もおいしいから」

宿を出るとき奥さんが言った。奥さんのスカートにしがみつき、小さな子供がふたりに笑いかけた。またきてね、ふゆ、おいしいから。母親の言葉を繰り返す。高知は笑い、子供の頭をなで、また来るよと言った。それから奥さんに向き直った。

「この近くに警察署はありますか」

遠召の胸がことりと鳴った。

「一番近いとこ言うたら明津《あきつ》やね。漁港前のバス停から明津駅行き乗って、四つ目。警察署前ってアナウンスが出るわ。どうしはったん？」

「ちょっと落とし物をして――」

「そう。見つかるとええね」

奥さんと子供に頭を下げて、ふたりは宿をあとにした。

バス停への道すがら、通りかかった漁港は昨日とは違って活気があった。漁を終えた船の前に地元の女たちが集まっている。みな手に鍋やボウルを持っていて、その中に、漁師たちが獲れたての魚をひしゃくですくってどぼりと入れていく。金の受け渡しがないところを見ると、商品にならない雑魚《ざこ》なのだろう。

停留所で時刻表を見ると、次のバスは五分後だった。一時間に二本しかないのでもっと待たされると思っていたのに。遠召は唇を嚙んだ。

「もう一度、カリントウに会ってからにしないか」

そう言い、高知を見た。じりじりと胸が焼けるような焦燥感。じっと見つめると、うん、そうしようかと高知は笑ってくれた。遠召はほっと息をついた。

昨日と同じ山へ続く道を、遠召はゆっくり歩いた。九月だというのに日差しはきつく、頭上からは蟬《せみ》の鳴き声が降ってくる。葉陰からこぼれる不定形の木漏《こ》《も》れ日。きつい山道に、前を行く高知のシャツに汗がにじんでいく。追う遠召の息も乱れる。苦しい。でも、このままずっと登っていきたい。

カリントウの墓には、午前中独特の透明な光が当たっていた。昨日供えたオシロイバナはすっかり萎《しお》れていて、ふたりでまた新しいオシロイバナを供えた。濃いピンクと白と黄。

そのあとは草の上にふたりで腰を下ろし、並んで海を眺めた。

話はあまりしなかった。話したいことはたくさんあるのに、言葉という形にならない。黙って時間が過ぎていくのがもどかしく、でも、どうしようもなかった。

そろそろ行こうかと高知が言った。もう少しと言いかけた口を遠召は閉じた。きりがない。きりもない。きりなどいらない。ずっとここにふたりでいたい。

帰り道、遠召はゆっくり歩いた。高知はなにも言わず、遠召の歩幅に合わせてくれた。たまに景色を指さして、きれいだなと言い合って足を止める。時間を稼いでも、最後には着いてしまう。分かっているのに、ゆっくり、ゆっくり、歩いた。

停留所につくと、バスはすぐにやって来た。一番後ろの座席に並んで座り、かくれるように手をつないだ。とろとろ走るバスにゆられて、遠ざかる海岸線を目に焼きつける。海、空、うみねこ、カリントウ。高知が初めて見せてくれた、広くて眩しい世界。

「待たなくていいよ」

ぽつりと高知が言った。

「え?」

遠召は隣を見た。

「俺のこと、待たないでいい」

高知は窓のほうを向いたまま、遠召を見ずに言葉を続けた。

「出てこられるまで、何年かかるか分からないよ。その間にいい人が現れたら、遠召さんはその人のとこへ行きなね。俺のことは気にせず、自由に生きてってほしい」

海を眺めながら、高知は淡々と話す。

どうしてそんなことを言うのかと、悲しくなった。そんなことを言われた自分がかわいそうなのではなく、そんなことを言わざるをえない高知の気持ちを思って悲しくなった。

つないでいた手をほどき、遠召は高知のパンツのポケットに手を入れた。高知が驚いてこちらを見る。その目の前に、ポケットから取り出したものをかざした。

「あずかるから、出てきたら、俺のところまで取りに来い」

小さな指輪。窓から差しこむ光にきらきらと光っている。

「……遠召さん」

「何年かかってもいいから、必ず、取りに来い」

強く高知を見つめて言った。けれどそれだけ言うのが精一杯で、遠召は唇をかんで顔を深くうつむけた。もう時間がないから、泣き顔は見せたくない。

「ごめん」

大きな手が、遠召の頭をぐいと引き寄せる。

遠召は指輪をにぎりこみ、反対の手で高知の手を強くにぎった。

——姉さんにとって、愛情は、こんなにきれいなものなんだ。

高知の言葉を思い出した。右手ににぎった高知の手。左手ににぎった小さな指輪。遠召も知らなかった。愛情が、こんなにも美しい形をしているものだなんて。

チャイムに似た音がバスに響き渡る。

アナウンスがのんびりと警察署前と告げた。


高知は殺人未遂と逃亡の罪で三年半の実刑を受けた。

一度目の犯行のあと逃亡したことと、二度目の犯行に及ぼうとした際、高知がナイフを購入したことで明確な殺意があったと認定され、初犯でも執行猶予はつかなかった。

遠召自身も犯人蔵匿《ぞうとく》と逃亡の手助けをしたということで罪に問われたが、同居していた当初は事件を知らなかったことと、自首を勧めてくれたのは遠召だと、高知が取り調べの際に言ってくれたことで罰金にとどまった。

遠召結生　V

翌年の初夏を、遠召は新しく引っ越した部屋で迎えた。

それまで住んでいた家の大家が亡くなり、土地ごと売りに出されることになったのだ。連絡を受けたのは、まだ高知がいたころだった。なるべく今と似た家がいいと要望を出すと、大家側の都合なのでと不動産会社は熱心に物件を探してくれた。

今の家は以前の家とよく似た、小さな庭つきの古い平屋だ。屋根は赤から青に変わったが、庭に面して縁側もある。あちこち傷んでいることもそっくりで、入居の前に手を入れますからと言われたが、遠召はこれでいいと断った。前の家と一緒がよかったのだ。高知と暮らしたあの家と。

越してきて半年、遠召は満足している。古い家の小さな縁側で、裸足《はだし》の爪先にサンダルを引っかけて、初夏の光にさらしながらぶらぶらとゆらしてみる。

去年の夏、高知にサンダルをはかせてもらったことを思い出す。踵《かかと》をすっぽりと包みこんだ大きな手。

雑草だらけの荒れた庭には、木目のきれいな犬小屋がある。中はからっぽだ。

——遠召さんがいつか飼う犬の名前はエリ。

たまに飼ってみようかと考えるが、本物の高知がいないことをまざまざと自覚させられそうでふんぎりがつかない。後ろ手をついて身体をささえ、遠召は青い空を見上げた。

明後日、何ヶ月ぶりかで、ようやく高知に会える。

受刑者との面会は、原則親族しか認められないと知ったときは驚いた。けれど高知には頼れる親族がいない。遠召は弁護士を通してそのことを訴えた。時間がかかったが、先日やっと面会の許可が下りたのだ。これでやっと高知に会える。やっと、やっと、会える。

遠召は縁側に寝ころび、胸の上に手を置いた。

初夏の日差しが閉じた瞼《まぶた》の裏を赤く染め、薄い皮膚がひりついてくる。

——そんなとこに転がってたら焼けるよ。

ふいによみがえる。すっかり忘れていた高知の言葉。不思議だった。これらはどこから来るんだろう。忘れたと思っていただけで、脳はちゃんと覚えているのだ。

遠召はますます深く目をつぶった。

そうすれば、また忘れていた引き出しが開いて、高知の言葉に会えるかもしれない。

けれどそれよりも、早く本物の高知に会いたい。早く明後日になればいい。

時間は三十分ほどと決められている。一秒も無駄にできない。

会ったらまずなにを話そう。でもなにも話せない気もする。

なんでもいい。早く会いたい。今、自分の中にはそれしかない。


今年の正月は、おせちを買わなかった。

今までも買ったことなどないが、今年買わなかったのには理由がある。

年末の面会で、刑務所でもおせちや年越しそばが出るのだと高知から聞いたからだ。元旦の今日、高知はおせちを食べているだろうか。どんなおせちだろう。分からないので、遠召は食べない。今度面会に行ったとき、どんな風だったかを聞こうと思う。そして、来年はそれと同じようなおせちを買うのだ。同じ理由で年越しそばも食べなかった。それも毎年食べないのだが、食べないにしても今は理由がある。そして来年食べることにも理由がある。

そんな風に、高知はここにいないが、一緒に生きる術はいくつかある。

ささやかではあるけれど。

冬に入る前、厚手のセーターを一枚買った。刑務所の冬は冷えるので、高知にセーターを差し入れたとき自分用も買っておいた。よく考えるとペアルックということになる。家に帰ってから気がついて憂鬱《ゆううつ》になった。遠召にはそういう趣味はない。しかし離れて別々に着ている分にはいいだろう。高知が帰ってくるときは処分するのを忘れないように。

高知と揃《そろ》いのセーターを着て、畳に寝ころがって遠召は冬枯れの庭を眺めた。ガラス越し、冬の弱い日差しが入るだけの静かな正月。うとうとしてきて、いつの間にか眠ってしまい、起きたら夜だった。

火の気がない暗い部屋はひどく寒く、身体がぶるりと震えた。けれどそのまままた目をつぶった。刑務所の冬は寒いのだ。自分の生活を、できるだけ高知のものと重ねたい。いいことだけではなく、わるいことも含めてだ。ばかげたことだと分かっているけれど。

高知は今ごろどうしているだろう。今度の面会が待ち遠しい。早く高知に会いたい。会いたい。離れて一年が経つのに、遠召の中にはまだそれしかない。

翌年の秋が深まったころ、遠召は就職をした。といっても、週に三、四日店番をしていた古書店にだ。店主の腰がなかなかよくならず、ついに閉店しようかという話が出たとき、思いつきのように、あんた、やってみるかいと問われた。

誘い文句は軽かったが、そのあとの話が長かった。古書の世界は奥が深い。本に関する膨大な知識は当然のこととして、意外にも人づきあいの才能も要求される。新しい本と違い、古書は誰かが所有しているものだ。譲ったり、譲られたり、売ったり、買い取ったり、その狭間《はざま》でいくらの値をつけるのか、押したり引いたりが必要——らしい。

あんたみたいな血の薄そうな若い人につとまるかね、と、ほとんどつとまらないと思っている目で首をかしげられ、自分でも無理だろうと思い、辞退しようとしたとき、

——まあでもあんた、本を扱うのに向いてそうだから。

と店主は笑った。本が好きそう、ではなく、扱うのに向いてそう、と。古書店は、本に執着のありすぎる人間は向かない仕事なのだそうだ。適当に冷たく乾いているほうが具合がいいのだと。店主が言うには、あんたは若いけどいい塩梅《あんばい》、なのだそうだ。

毎日が急に忙しくなった。今までぐうたらしていた罰のように、覚えることがありすぎて縁側でのんびり居眠りをしている暇もない。けれど、いつからかずっと、親しい友人のように身内にたまっていたけだるさが、日毎に抜けていくのを感じた。

——最近、たまに楽しいなと思う。

先日の面会で報告すると、高知は自分のことのように喜んでくれた。

それで？　もっと聞かせて、と先をうながしてくる。

狭い面会室。透明な仕切り板の向こうで、高知は遠召の話ばかりを聞きたがる。刑務所での暮らしは変化にとぼしく、報告できることが少ないからと言う。そうしてひとしきり遠召の話を聞いたあと、ちゃんと食べているか、寝ているかと遠召を気遣う言葉を口にする。

そうなると、遠召は胸が詰まって話ができなくなる。

けれど、あまり長く黙っていると、立ち会いの刑務官に「終了」と言われてしまう。面会時

間は三十分ほどと決まっているが、意地の悪い刑務官に当たった日や、混み合っていて忙しい日などは、すぐに打ち切りを申し渡されてしまう。沈黙が続くと、もともと会話の下手な遠召はひどく焦る。焦って、エリ、と小さく名前を呼ぶしかできなくなる。うすぼんやりとして、語彙《ごい》の少ない子供みたいに。こんなに隔てられてしまっても、高知はたやすく遠召をふぬけにする。


次の春、豆腐屋の木下《きのした》の孫娘が離婚して祖父の元に転がりこんできた。仕事帰りに立ち寄ると、遠召と同じ年頃の女とよちよち歩きの子供が店にいることが多くなった。

——親元はうるさいから帰りたくないんだと。全く、どんくさくていやんなるねえ。

木下は顔をしかめるが、内心喜んでいるのが透けて見える。遠召はこの変化がわずらわしかった。女や子供の相手をしながら酒を飲むのは色々と面倒くさい。

けれどそれは杞憂《きゆう》に終わった。木下の孫娘は祖父に似た傍若無人さで、男に愛想を要求しなかったし、自分もそういうものを振りまかなかった。以前と変わらず豆腐には醬油《しょうゆ》がかかっているだけで、女らしく薬味に気を配ることもない。たまに気が向くと卵焼きなどを出してくれるが、それがたいしてうまくないので苦笑いがこみ上げてくる。

ある日、豆腐屋に顔を出すと、木下から、これやるよとダンボール箱を渡された。なんだと問う間もなく箱の蓋《ふた》が内側から持ち上がり、中から子犬が顔を出した。

ひ孫が飼っているラブラドールレトリバーが子を産んだらしい。いらないと言ったのに、どうせ気楽な独身だろうと、おかしな理屈で無理矢理持たされてしまった。

豆腐を肴《さかな》にビールを飲みながら、どうしたものかと足元のダンボール箱に目を落とす。子犬は薄いひやし飴みたいな色をしていて、黒いころりとした目で遠召を見ている。

「………エリ?」

ふと思いついて呼んでみると、子犬はぴくんと耳を動かしてキューと鳴いた。それから笑顔に似た表情を浮かべ、嬉しそうにハッハッと舌を出した。それで決まってしまった。

家に連れ帰ったその日のうちに後悔した。生き物の世話がこれほど大変だと遠召は知らなかった。当たり前だが、鳴く。あたりかまわずおもらしをする。機嫌よくしていたかと思うと唐突に吐く。病気をする。そのたび何度「エリ!」と口にしただろう。

目が離せないので、庭に出していた犬小屋を居間に持ちこんだ。しかしそれでもまだまだ足りないと、エリは遠召にまとわりついてくる。まだ子犬だからさみしがりで、一緒に寝てやらないと一晩中でも鳴き続ける。仕方ないので布団に入れて一緒に寝るようになった。ひやし飴の色をした毛に鼻先をおしつけると、ふわりと日向《ひなた》の匂いがする。

「エリ?」

呼ぶと、嬉しそうに遠召の顔を舐《な》めてくる。

翌月の面会で、犬を飼いはじめたこと、もちろん名前はエリであることを高知に報告した。家に慣れるにつれいたずらも激しくなって、「エリ」と「バカ」はセットになりつつあると言うと、高知はひどいなあと笑い、犬小屋が役に立ってよかったと言った。けれど。

――お前が帰ってきたら、エリがふたりで紛らわしくなるな。

そう言うと、曖昧《あいまい》な笑みを浮かべただけでなにも答えなかった。高知はけして先につながることは言わない。遠召がいつでも高知から去れるようにしてくれている。

高知は優しい。けれどその優しさだけは、遠召をひどく悲しくさせる。

その日、義父から電話があった。あの夏の日、最後に会ってからもう三年が経つ。いつもの食事の誘いと――誘われるたびに遠召は断っている――離婚の報告だった。

驚かなかった。あの家はとっくに壊れていたし、最後に紙切れ一枚が燃え尽きただけのことだ。家は義母と充に譲り、義父はマンション暮らしをしているという。

充は――と義父が言いかけたとき、心臓がことんと一度ゆれた。けれどそれだけだった。今の遠召にとって、「充は」という一言は、ぴったりその一言分だけの重さしかない。以前なら、恐怖で木っ端みじんに吹き飛んでいただろう。

ひとつ息を吸い、なに？　と落ち着いて問い返すことができた。

義父が家を出ていく日、充は、自分から病院に入院したいと言い出したらしい。義母は反対した。充は病気ではない、少し疲れているだけですぐに昔みたいに戻れると。しかし充は聞かなかった。殴《なぐ》りつけながら依存していた義母の制止を振り切り、泣きながら父親に助けてほしいとすがった。今は海の近くの療養所に入院している。

——気が向いたら、見舞いに行ってやってくれないか。

——なんのために？

沈黙が挟まった。

——家族じゃないか。

——そうなの？

なにかが伝わったのか、電話の向こうの空気が緊迫した。

——俺と充は、本当の兄弟なの？

ついに聞いてしまった。遠召は今年で二十九歳になる。二十九年という時間、ずっと触れられずにいた、自分たちにとってそれほど恐ろしい秘密に、今、触れてしまった。兄妹が交わって生まれた子が、また自分の兄と交わった。この人はそれをどう思っているのか。問いかけに、義父は黙りこんだままだ。急かすことはしなかった。ただ待つ。話してくれるのを。

——また電話をするよ。元気で。

義父は静かに電話を切った。あとに残ったのはむなしさだった。あの人はどこまで逃げ続けるんだろう。沈黙はもう肯定でしかないというのに。

やり場のない黒い感情の渦が押し寄せる。久しぶりの感覚。それに囚われてしまう前に、遠召はエリをつれて散歩へ出た。四月の夜で、桜が咲いていた。咲きすぎた花びらが、ひらひらと無数に夜の中を回転しながら落ちてゆき、足元を発光するような白に染めていく。

目に見えない、けれど確かに手の中にある荷物が重かった。幼かったころはともかく、成長してからの充との関係は、お互いが加害者で、被害者だった。だから今は自分だけがかわいそうだとは思わない。充もかわいそうな子供だった。けれど、許すこととは別だった。

——関係ないことと、許すこととはまた違うんだよね。

高知も似たようなことを言っていた。

——どんだけ時間が経っても悲しいし、悔しいし、後悔とか色んなもの抱えて生きてくんだと思う。けどそれは俺の人生で、あいつとはなんの関係もないところで流れてく。

暗い夜だった。古い自転車にふたり乗りで、きいきいと細い音が鳴っていた。遠召はあのときと同じように夜空を見上げた。四月の夜にも夏の大三角が浮かんでいる。こと座のベガ、わし座のアルタイル、はくちょう座のデネブ。あれから、自分たちは少しは進んだろうか。

分からない。今でも、あのころと変わらずに苦しい。

問題が全て解決する人生なんてありえない。自分で抱えて歩くしかない。

それでも、あのころと違って、ひとりじゃないことを知っている。

二十九年生きてきた中で、高知と過ごしたのはたった二ヶ月程度。なのに、その短い時間が自分の足元を照らしている。そこかしこ、高知が落とした光るコインを拾って歩く。ゆっくり回り道。そのうちどこかに辿り着けるだろう。きっと今よりはいい場所だ。

「なあ、エリ?」

遠く離れた男の名前を呼ぶと、もう子犬ではないエリが振り返った。ひやし飴色のふさふさとした尻尾を振りながら、遠召を見上げてハッハッと舌を出す。そしてまた前を向き、機嫌よく歩き出す。遠召は口元だけでほほえみ、ゆれる尻尾を眺めながら歩いた。

高知の名を持つ犬と一緒に、花びらの降る春の夜を、どこまでも歩いた。


久しぶりに義父と話し、眠れなかったせいか、くだらない怪我《けが》をした。

仕事中、ぼうっと高い位置にある書棚の整理をしていたら、本の山が崩れてきて梯子《はしご》ごと床に落ちたのだ。足首を骨折して一週間の入院。退院してもしばらくは安静にと医者から言われた。しかし遠召は松葉杖をついて高知の面会に出かけた。これがひどい失敗となった。

松葉杖の遠召を見て、高知は表情を失った。

ごめんと、高知はなにも悪くないのに何度も謝られた。

無理をしてこんな姿で来たことを遠召は後悔した。高知の性格を考えたら、手紙で事情を説明して、完治してから来たほうがよかったのだ。帰りは雨にまで降られ、踏んだり蹴《け》ったりの面会になった。早く足を治そう。高知に余計な心配をさせないように。

けれど、しばらくして高知から手紙が来た。気まずい面会のあとだったので、なんとなく読むのを怖く感じた。なにか決定的にまずいことが書かれてあったらどうしよう。

遠召は縁側でビールを二本飲み、酒の力を借りてから手紙の封を切った。

それは、さしさわりのない程度に日々思うことを綴《つづ》った、あとで状況が変わったとき遠召が負担に思わないよう配慮された、いつもの手紙とは違っていた。

怪我をおして面会に来てくれたことへの礼と詫《わ》び。

そして先日の面会のあと、自分の臆病《おくびょう》さがいやになったことが書かれてあった。

ずっと、遠召を束縛しないことが今の自分に示せる唯一の愛情だと思っていたけれど、遠召を気遣うふりで、いざ遠召が他の誰かを愛したとき、自分が傷つかないよう予防線を張っていただけかもしれない。そんなずるいことはもう止める。これからは、遠召の気持ちをちゃんと受け止める。遠召がくれる気持ちに、それしか返せるものがない。やっと気づいたけれど、気づくのが遅くてごめんと、要約するとそんなことが書いてあった。

そして最後に、ここを出たら一緒に暮らそうと——。

真夏の明るい縁側で、遠召は立て膝でその手紙を読んでいた。

読み終わっても、すぐには動けなかった。一枚、一枚、桜に似た刑務所の検印が押してある便せんをじっと見つめる。嬉しかった。言葉にできないほど嬉しくて、身動きも取れない。生きててよかったと思ったのは、生まれて初めてだった。

――ここを出たら一緒に暮らそう。

やっと最後のコインを拾った気がした。曲がりくねった道の先に光が見える。


その春の終わり、遠召は高知の生まれた町へ行った。高知の両親の工房とその土地が売れたのはだいぶ前のことで、そこにビルが建ったと高知から聞いたのだ。高知は弁護士から聞かされたらしい。あきらめてはいるけれど、どうなったのか知りたいと頼まれた。

教えてもらった住所には新築のビルが建っており、一階はコンビニ、上にはインターネットカフェの看板がかかっていた。ビルそのものと、周辺の景色も写真に撮って面会のときに差し入れた。高知はそれをじっと見つめ、ぽつりと呟いた。

――……俺、ばかなことしたなあ。

高知は顔をかくすようにうつむいた。

もしも高知が事件を起こさなければ――。

きちんと法的な手続きを取って、久と工房の権利を争っていたら――。

やり直せないたくさんの「たら」や「れば」。抱えて歩くものは、相手への怒りや憎しみだけじゃなく、浅はかなことをした自分への後悔も。誰も持ってやれない。これは高知の荷物だ。長い間黙っていたせいか、刑務官がこちらを見た。終了と言われそうな気配を察して、高知が顔を上げる。わざわざ行ってくれてありがとうと、泣きそうな笑顔で言う。

遠召は黙って首を横に振った。

夏、秋、冬、春、一回転してまた最初から。もう幾度も繰り返した。

静かな暮らしの中で、たまに居間の棚から箱を取り出してみる。蓋を開け、中をのぞいてみる。小粒のダイヤモンドで周りを縁取られたエタニティリング。

眺めるだけで触れはしない。箱自体、滅多に取り出さない。これは大事なあずかりものなのだ。持ち主が帰ってきたらちゃんと返す。それまではたまに見るだけ。

高知と離れてから、もうすぐ三年と半年が経つ。

ふたり

午前中の静かな町を、遠召はゆっくりと歩いていく。

小学校の裏手を流れる川沿い、風にゆらぐ柳のアーチをぶらぶら歩くと、看板もない古い豆腐屋が見えてくる。以前は夕方からの開店だったが、離婚した孫娘が転がりこんできてから朝からもやるようになった。昼間は孫娘、夕方からは木下が店に出る。

——こんな年になっても引退できねえなんて、なんの因果かねえ。

木下のぼやきは相変わらず健在だ。

ぶらぶらと店先まで行き、遠召は足を止めた。

向かって右側の長椅子、いつも遠召が座る場所に男が座っている。

座っているというか、寝ている。

手に食べかけの豆腐の皿と箸《はし》を持ったまま——。

のんきな風景にほほえみ、遠召は左側の長椅子に座った。つぶれた煙草の箱から一本取り出し、火をつける。流れる煙をぼんやり追っていると奥から孫娘が出てきた。

「なあに、こんな朝っぱらから。仕事は?」

迷惑そうに顔をしかめられ、ひどい接客に遠召は肩をすくめた。

今日は休みだ。先週から言ってあったので、今日、古書店には久しぶりに以前の主が座っている。老人を使わないでくんなと口で言いつつ、顔が嬉しそうだった。

「はい、いつもの」

醤油がかかっただけの豆腐とビールが出される。ここは朝でもお構いなしに酒が出る。

「ねえ、あれ、そろそろ起こしたほうがいいかしらね」

孫娘は腰に手を当て、「あれ」のほうに首を向けた。

「さっき店開けたら、もうぼうっと座ってたのよ。豆腐食べるって聞いたらうなずいたんで出してあげたら、食べながら寝ちゃってさ。見ない顔だけど、よっぽど疲れてんのかしら」

遠召は黙って目を細めた。高知からの最後の手紙に、出所が決まってから嬉しくて眠れない日が続いていると書いてあった。

「俺のつれだ」

「あら、そうなの。待ち合わせ?」

遠召はうなずいて立ち上がった。

そうだ、待ち合わせだ。三年半前から約束していた。

遠召は高知の隣に腰を下ろし、皿と箸を手にしたままの寝顔を眺めた。

出所の日は迎えに行くと言ったのに、だめだと断られた。
長い間待たせたから、最後は自分が迎えに行くと言って譲らなかった。
——三年と半年分、会ったらその場で抱きしめるよ。
そう言ったくせにと、遠召は口元だけでほほえんだ。
目覚めたら、なんて言おう。
おかえり、だろうか。
高知はどんな顔をするだろう。
長椅子に後ろ手をつき、遠召は新しい煙草に火をつけた。
煙は真っ直ぐに立ち上り、途中ふいに頼りなくゆらめいて回転をはじめる。
口端に煙草をくわえたまま、遠召は空を見上げて小さく笑った。
隣の男はまだ目を覚まさない。

あとがき

こんにちは、もしくははじめまして、凪良《なぎら》ゆうです。このたびは拙作をお手に取っていただき、ありがとうございます。

今回は久々に黒成分多めのシリアスです。このお話のひとつ前に、これもお久しぶりなコメディを書いたのでその反動かもしれません。またいろいろと好き嫌いが分かれそうだなあと覚悟しつつ、すごく書きたい話だったのでこうして本の形にしていただけて嬉しいです。

全体的にしんどい描写が多い中で、書いてて楽しかったのはふたりで手に手を取っての逃亡シーンでした。もともと家出や逃亡シーンが書くのも読むのも好きなので、今回の話を考えたときもまず最初に浮かんだのがそこでした。そこに行き着くまでには鬱々としたトンネルが続いていて、途中、私の手には余る題材かもしれないと青ざめましたが（笑）。

でも、この一冊で無理に大団円にする必要はないんだと気づいてから少し気が楽になりました。終盤で高知《たかち》が「答えなんてすぐに出ない」的なセリフを勝手に喋りだして、ああ、そうなのか、無理になにか悟らせようとしてすみません……と反省させられたり。たまにそういうことが起きるんですが不思議ですね。

遠召《とおめ》と高知のこの先ですが、最悪な場所で出会ったふたりなので、あとは浮上していく未来しかないので心配はしていません。腰の曲がったおじいちゃんになったころ、色んなことがあったなあって縁側でしみじみお茶を飲んでてほしいなと思います。

イラストは高久尚子《たかくしょうこ》先生に描いていただきました。元々高久先生の絵が大好きで、挿絵をつけていただけると担当さんから聞いたとき、思わず「ありがとうございます！」と携帯を手に床に正座してしまいました。一瞬のきらめきを鮮やかに切り取ったような先生のカラーイラストが大好きです。高久先生、お忙しい中、本当にありがとうございました。

そして担当さん。今回引け腰になっていたあるシーンに「ここはもっと書き込みましょう」とズバリな指摘をくださいました。私が苦手な部分を見抜いて、きっちり作品を補強してくださるので本当に頼りになります。これからもよろしくおつきあいください。

最後に読者のみなさまへ、あとがきまでおつきあいくださってありがとうございます。以前に懲りたはずなのに、またしんどいものを書いてしまいました。このお話を読んでなにか思うことがあれば、ぜひ感想を聞かせてやってください。

それでは、また次の本でもお目にかかれますように。

二〇一二年　四月　凪良ゆう

この本を読んでのご意見、ご感想を編集部までお寄せください。

《あて先》〒141－8202　東京都品川区上大崎3－1－1　徳間書店　キャラ編集部気付

「天涯行き」係

【読者アンケートフォーム】

QRコードより作品の感想・アンケートをお送り頂けます。

Chara公式サイト http://www.chara-info.net/

■初出一覧

天涯行き……書き下ろし

Chara

天涯行き

キャラ文庫

2012年6月30日　初刷
2025年1月25日　3刷

著者　凪良ゆう
発行者　松下俊也
発行所　株式会社徳間書店
〒141-8202　東京都品川区上大崎3-1-1
電話　049-293-5521（販売部）
　　　03-5403-4348（編集部）
振替　00140-0-44392

印刷・製本　TOPPANクロレ株式会社
カバー・口絵　近代美術株式会社
デザイン　百足屋ユウコ

ISBN978-4-19-900671-5

凪良ゆうの本

美しい彼
Yuu Nagira Presents
凪良ゆう
イラスト◆葛西リカコ
君が踏んだ、泥だらけの水にさえ
俺はキスすることができるよ。
キャラ文庫

好評発売中

[美しい彼]

イラスト◆葛西リカコ

「キモがられても、ウザがられても、死ぬほど君が好きだ」無口で友達もいない、クラス最底辺の高校生・平良《ひら》。そんな彼が一目で恋に堕ちたのは、人気者の清居《きよい》だ。誰ともつるまず平等に冷酷で、クラスの頂点に君臨する王《キング》――。自分の気配に気づいてくれればいいと、昼食の調達に使いっ走りと清居に忠誠を尽くす平良だけど!?　絶対君主への信仰が、欲望に堕ちる時――スクールカースト LOVE!!

凪良ゆうの本

好評発売中

「憎らしい彼 美しい彼2」

イラスト✦葛西リカコ

目深な帽子に怪しいサングラスとマスク。付いた仇名は『不審くん』。新進俳優の清居《きよい》の熱心なファン——その正体は、同棲中の恋人・平良《ひら》だ。気持ち悪いほど愛を捧げてくるくせに、「俺は清居を引き下げる愚は犯さない」と、甘えたくても察してくれない。どうしてこんなヤツ好きになったんだ…？　そんな時、業界屈指のカメラマンが平良を助手に大抜擢!!　清居より仕事優先の日々が始まってしまい!?

凪良ゆうの本

好評発売中

「悩ましい彼
美しい彼3」

イラスト✦葛西リカコ

美形が売りの新人俳優の新作は、売れないお笑い芸人役!? 熱望した演出家の舞台なのに自分とかけ離れた配役に、稽古でもダメ出しの連続の清居《きよい》。美しい顔が邪魔なら捨ててやる——!! 悩んだ末に舞台期間だけ20kgの増量を決意!! 醜くなる姿を見られたくないと恋人の平良《ひら》に同居解消を言い渡す。俺には神とも星とも崇める清居が必要だ——!! 降って湧いた試練に平良は激しく動揺して!?

凪良ゆうの本

好評発売中

［interlude 美しい彼番外編集］

イラスト✦葛西リカコ

役作りのために同居を解消した平良《ひら》と清居《きよい》。自分の発案なのに、一人暮らしの淋しさからか、清居は怪奇現象が見え始める…。一方、TVも追っかけも禁じられた平良に、清居とニアミスする僥倖が訪れて!?　離れていた空白期間、二人に何が起こっていたのか——大ボリューム90P超の新作書き下ろし!!　平良の愛称「きも殿下」誕生の経緯から、清居の幼少期の回想録まで入った必読の番外編集!!

凪良ゆうの本

好評発売中

「セキュリティ・ブランケット」上・下

イラスト◆ミドリノエバ

ハシバミ色の瞳にウェーブの巻き毛――異国の血を引く華やかな容貌と裏腹に引っ込み思案な高校生の宮《みや》。幼い頃母を亡くし路頭に迷った壮絶な過去を持つ宮は、新進の陶芸家で叔父の鼎《かなえ》が親代わりだ。のどかな田舎町で暮らす二人を訪ねるのは、鼎の長年の親友でカフェ店主の高砂《たかさご》に、面倒見の良い幼なじみの国生《くにお》。宮にとって掛け替えのない男達は、それぞれ人に言えない秘めた恋情を抱えていて!?

凪良ゆうの本

きみが好きだった
YUU NAGIRA PRESENTS
凪良ゆう
illust 宝井理人
好きになってしまったのは、親友の恋人だった——
キャラ文庫

好評発売中

[きみが好きだった]

イラスト✦宝井理人

俺ならもっと、先輩を大事にするのに——。高校2年の高良《たから》が恋に堕ちたのは、3年の先輩・真山《まやま》。けれど彼は大切な幼なじみで親友の諏訪《すわ》の恋人で、いくら想っても叶いはしない…密かな想いを胸に盗み見た、綺麗な横顔。昼休みの屋上で一緒に食べたお弁当。夏休み、一度だけ奪った海辺のキス——三人の時間が心地よくて、微妙な均衡を崩せずに…!? 後日談となる「グッデイグッデイ」に加え、書き下ろし番外編「さくら」を収録!!

凪良ゆうの本

好評発売中

[初恋の嵐]

凪良ゆう
イラスト◆木下けい子
Yuu Nagira Presents
初恋の嵐
商店街
全然好みじゃない変人のダサ眼鏡――
なんでこんなヤツ好きになったんだ!?
キャラ文庫

イラスト✦木下けい子

「俺は将来、悪徳弁護士になって金を稼ぐんだ!!」大学生と偽って蜂谷《はちや》の家庭教師に現れた同級生の入江《いりえ》。目的のためなら年齢詐称も厭わない現実主義者だ。有名ラーメン店の跡取りで、将来が決まっている蜂谷は、自分と正反対な入江に驚かされてばかり。共にゲイだと知っても「お互い範疇外だ」と言い続けていたけれど!?　築き上げた友情の壁は簡単には崩せない――こじらせまくった永い初恋♥

凪良ゆうの本

Yuu Nagira Presents
ここで待ってる
凪良ゆう
イラスト◆草間さかえ
子持ちなのに、どうしてゲイバーで
男を誘うのに慣れてるんだ？
キャラ文庫

好評発売中

[ここで待ってる]

イラスト✦草間さかえ

おまえの体、キスするのに丁度いい——。初対面のゲイバーで大胆に誘ってきた小悪魔美人の飴屋《あめや》。空手道場の師範代で、恋愛ではいつもお兄ちゃん止まりだった成田《なりた》が、一目で本気の恋に堕ちてしまった…!?　ところが数日後、道場で再会した飴屋は、七歳の息子を持つ良きお父さん!!　一夜の情事などなかったように、隙を見せようとしない。どちらが本当の顔なのか…？　成田は不埒な劣情を煽られて!?